KB085303

브라운 부인

도서출판 아시아에서는 《바이링궐 에디션 한국 대표 소설》을 기획하여 한국의 우수한 문학을 주제별로 엄선해 국내외 독자들에게 소개합니다. 이 기획은 국내외 우수한 번역가들이 참여하여 원작의 품격을 최대한 살렸습니다. 문학을 통해 아시아의 정체성과 가치를 살피는 데 주력해 온 도서출판 아시아는 한국인의 삶을 넓고 깊게 이해하는 데 이 기획이 기여하기를 기대합니다.

Asia Publishers presents some of the very best modern Korean literature to readers worldwide through its new Korean literature series 〈Bilingual Edition Modern Korean Literature〉. We are proud and happy to offer it in the most authoritative translation by renowned translators of Korean literature. We hope that this series helps to build solid bridges between citizens of the world and Koreans through a rich in-depth understanding of Korea.

바이링궐 에디션 한국 대표 소설 045

Bi-lingual Edition Modern Korean Literature 045

Mrs. Brown

정영문

브라운 부인

Jung Young-moon

ASIA
PUBLISHERS

Contents

브라운 부인

Mrs. Brown

브라운 부인은 최근 내가 알게 된 여자이다. 그녀는 나와 같은 동양계로 우리는 비슷한 시기에 미국으로 건너왔다. 그녀는 보통 키에 눈이 매력적이며 늘 입술에 엷은 미소를 머금고 있다. 브라운 부인은 담배를 피웠는데, 언제나 가는 손가락 사이에 낀 담배가 타들어가는 것도 잊은 채로 얘기를 하곤 했다. 우리가 친하게 되었을 때 그녀가 들려준 어떤 이야기는 무척 흥미로웠다. 그 이야기는 다음과 같다.

누군가가 브라운 씨 부부의 집 문을 노크한 것은 그들이 저녁식사를 끝낸 지 한참이 지나, 거실에서 브라

Mrs. Brown is a woman I've come to know recently. She's from the same part of the world as me and came to America around the same time. She's of average height with charming eyes, and she always has a faint smile on her lips. She's a smoker, and when she talks, she seems to forget about the cigarette lodged between her thin fingers. When we became friends, she told me a fascinating story. It went like this.

They had long since finished supper, Mr. Brown was watching television in the living room and Mrs. Brown was reading a magazine when someone

운 씨는 텔레비전을 보고 있고, 브라운 부인은 어떤 잡지를 읽고 있던 중이었다. 아무런 방문객을 기대하지 않았던 두 사람은 잠시 서로를 쳐다보았다. 브라운 씨는 다시 텔레비전으로 눈길을 돌렸고, 브라운 부인이 자리에서 일어나 현관으로 갔다. 브라운 씨는 아무 말 없이 현관으로 가는 그녀를 바라보았다. 그녀는 문에 달린 작은 구멍 너머로 바깥을 내다보았다. 바깥은 어두웠다. 현관에 어떤 사내아이가 서류가방처럼 보이는 가방을 들고 있는 것이 보였다.

"누구세요?"

"자동차가…… 고장이…… 나서요…… 혹시…… 전화를…… 사용할…… 수 있을까요?"

목소리는 무척 젊게 느껴졌다. 브라운 부인의 집 앞 숲 속에는 작은 길이 나 있었는데, 주변의 몇 채 되지 않는 집에 사는 사람들 외에는 이용하는 사람들이 거의 없는 길이었고, 가끔 어떤 사람들이 길을 잘못 들어서 오는 일이 있을 뿐이었다. 그녀는 약간 이상하다는 생각을 했지만 난처한 상황에 빠진 사람을 도와야 한다는 생각에 별 생각 없이 문을 열어주었다. 그녀는 지금껏 한 번도 심각하게 위험한 상황에 빠진 적이 없었고, 그

knocked on the front door. They looked at each other briefly, as they had not been expecting any visitors. Mr. Brown turned his attention back to the television, and Mrs. Brown got up and went to the front door. He watched her silently as she went to the door. She looked out through a small peephole in the door. It was dark. A boy was at the door, holding what looked like a briefcase.

"Who is it?"

"My c-car broke down. Can I use your ph-phone?"

His voice sounded very young. The street in front of the house was a small forest road unused except by those who lived in the few neighboring houses. Once in a while, people who had taken a wrong turn showed up. She had a funny feeling about someone being there, but she opened the door without thinking about it much. She just wanted to help someone in trouble. She had never been in a seriously dangerous situation before, and the area she lived in now felt very safe.

The visitor was very young and looked to be in his late teens. The boy stared at her but didn't say anything. Instead, he glanced inside the house briefly then took a gun from out of his briefcase.

녀가 살고 있는 곳은 아주 안전하게 느껴졌다.

방문객은 무척 젊었고, 십대 후반으로 보였다. 사내아이는 그녀를 쳐다보았지만 바로 말을 꺼내지 못했다. 대신 그는 집 안을 잠시 들여다본 후 들고 있던 서류가방에서 총을 한 자루 꺼냈다. 총은 아주 길었고, 그녀는 막연하게 그것이 영화에서나 보았던 총이라는 생각을 했다. 그리고 그것이 매그넘이라고 불리는 권총일지도 모른다는 생각을 했다. 그녀는 잠시 매그넘을 어떻게 알게 되었는지를 생각했다. 아마 영화에서였을 것이다. 한데 사내아이는 들고 다니기에는 너무 무거워 보이는 그 총을 마치 어떤 집을 방문한 보험회사 직원이 어떤 서류를, 또는 판촉사원이 어떤 신상품을 꺼낼 때처럼 너무도 자연스럽게 꺼냈고, 그래서 그녀는 몹시 놀라거나 하지는 않았다. 그는 잠시 가방을 뒤진 후에야 그것을 꺼냈다.

"이 시각에…… 이곳에…… 올 사람은…… 없겠죠?" 사내아이가 집 안으로 발을 들여놓으며 말했다. 그녀는 무심코 고개를 끄덕였다. 그 시각에 올 사람은 아무도 없었다. 그들 부부의 집에는 손님이 찾아오는 일이 드물었다. 그럼에도 그녀는 자신이 실수를 했다는 사실을

The gun was very long, and she vaguely thought that it looked like something from a movie. She thought it might be a kind of revolver called a Magnum. Maybe she had seen it in a movie. But the boy had pulled out the gun, which looked too heavy to carry around, all too naturally, like he was an insurance agent on a house call removing documents or a salesperson presenting a new product. As a result, she had not been all that surprised. He had taken it out only after rummaging through his briefcase for a moment.

"You're n-not expecting a-anyone, right?" The boy said, stepping inside the house. She nodded involuntarily. They weren't expecting anyone at that hour. At their home, guests were rare. She realized immediately that she had just made a mistake. But it was too late now. She followed the boy who had already entered the house further inside.

Her husband looked very surprised to see his wife enter the living room with a boy carrying a gun. He looked back and forth between the boy and the television, debating whether or not he should turn the TV off. But instead of doing either, he stood up and raised both hands and then lowered them almost immediately, realizing this wasn't

곧 깨달았지만 이미 때는 늦은 상태였다. 그녀는 이미 집 안으로 들어선 사내아이를 따라 집 안으로 들어갔다.

아내가 총을 든 사내아이와 함께 거실로 들어오는 것을 본 남편은 몹시 놀란 표정을 지었다. 그는 사내아이를 바라보다가 켜져 있는 텔레비전을 보고는 그것을 꺼야 할지 말아야 할지를 고민하며 잠시 텔레비전을 쳐다보았다. 하지만 그는 텔레비전을 끄는 대신 자리에서 일어나며 두 손을 들었다가, 곧 그럴 필요는 없다는 것을 깨닫고는 손을 내렸다. 아내는 그의 행동이 약간 우습게 느껴졌다.

사내아이는 두 사람을 소파에 앉게 했다. 브라운 부인은 남편이 자신을 쏘아보고 있는 것을 보았다. 그녀는 비로소 자신이 커다란 잘못을 저질렀다는 것을 깨달았다. 사내아이는 창가로 가 총구를 제대로 겨냥하지도 않은 채로 커튼 사이로 바깥을 내다보았다. 바깥은 어두웠고 호수와 숲이 희미하게 보였다. 그녀는 사내아이의 옆모습을 바라보았다. 사내아이는 어쩐지 사람을 해칠 사람은 아니라는 인상을 주었다. 그는 순진무구해 보였고, 더 나아가 어수룩해 보이기도 했다. 그런데 사람을 해칠 수도 있는 사람의 인상이라는 것이 따로 있

necessary. His wife thought he was acting a little silly.

The boy had them sit on the sofa. Mrs. Brown saw that her husband was glaring at her. She realized she had made a huge mistake. The boy went to the window and peeked out between the curtains, not bothering to aim the gun at them properly. Outside it was dark, the lake and the forest were hazy in the evening. She looked at his profile. He didn't look like the kind of person who would hurt someone. He looked harmless; even naive. But is there such a thing as person who looks like he would hurt someone? You can't trust those kinds of assumptions. A harmless appearance can hide cruelty and viciousness. For all she knew, a nightmarish hostage scene like something out of a movie had just begun. Since he hadn't covered his face, he was probably going to kill them.

He turned his face back to them. He looked no more sinister from the front than from the side. He didn't sit down. He paced around the living room restlessly. Mrs. Brown thought that he might be on drugs. But he didn't look like he was high on anything. Though he stammered a little, he was relatively articulate. He just looked a little happier than

단 말인가? 그러한 판단은 믿을 만한 것이 못 되었다. 순진무구한 모습 뒤로 악랄함과 잔인함을 숨기고 있는지도 몰랐다. 어쩌면 영화에서나 본, 악몽 같은 인질극이 시작된 것인지도 몰랐다. 얼굴을 감추지 않은 것을 보면 사내아이는 끝내는 그들 부부를 죽일지도 몰랐다.

사내아이가 얼굴을 돌렸다. 그의 앞모습 또한 옆모습 이상으로 악해 보이지는 않았다. 사내아이는 자리에 앉거나 하지 않았다. 그는 초조한 듯 거실을 서성였다. 브라운 부인은 그가 마약을 했을 수도 있다는 생각을 했다. 하지만 그는 마약에 완전히 취해 환각상태에 빠진 것처럼 보이지는 않았다. 그는 말을 더듬기는 했지만 비교적 명료하게 했다. 그는 약간 필요 이상으로 기분 좋은 상태에 있는 것처럼 보였다. 그녀는 텔레비전을 보았다. 텔레비전에서는 시시한 쇼를 하고 있었다. 그녀는 리모컨으로 텔레비전을 껐다. 갑자기 실내는 고요해졌고, 세 사람은 잠시 서로를 말없이 쳐다보았다.

"늘…… 이렇게…… 호수나…… 바다가…… 보이는…… 집에서…… 살고…… 싶었어요." 사내아이가 말했다.

그제야 그녀는 그가 말을 더듬는다는 사실을 깨달았

necessary. She looked at the television. A boring show was on. She used the remote control to turn it off. Suddenly, the room was silent. The three people stared at each other wordlessly for a moment.

"I always w-wanted to live in a house near a l-l-lake or ocean," the boy said.

She realized then that the boy had a stutter. She hadn't met anyone with a stutter recently, so she was intrigued by the way he talked. Her husband stared at her, but she ignored him.

"It's a nice h-house," the boy said, turning his head.

In fact, their house was quite nice. The house, which had a nice-looking, Asian-style outdoor terrace, was located close to a lake, which was a little too small to be called a lake. Though it was built over ten years ago, her husband was still working on repairs to some parts of the house that were incomplete.

Just then, they heard a distant sound. She strained her ears. She could hear a car passing by. Then it was quiet again. In the silence, Mrs. Brown thought about all the sounds she had heard during the day. A shallow tributary of the Mississippi River

다. 말을 더듬는 사람을 오랫동안 본 적이 없었고, 그래서 그녀는 그가 말하는 방식이 약간 흥미롭게 여겨졌다. 남편이 그녀를 쳐다보았지만 그녀는 그의 시선을 외면했다.

"좋은…… 집이군요." 사내아이가 고개를 돌리며 말했다.

실제로 그들 부부의 집은 꽤 괜찮은 집이었다. 호수치고는 약간 작은 호수 가까이에 있는 그 집은 바깥 테라스를 동양풍으로 지어 멋진 모습을 하고 있었다. 집을 지어 들어온 지 십 년이 넘었지만 아직 완공되지 않은 그 집의 이곳저곳을 남편은 아직도 손질하고 있었다.

그때 멀리서 무슨 소린가가 들려왔다. 그녀는 귀를 기울였다. 자동차가 지나가는 소리가 들렸다. 그런 다음 정적이 다시 찾아왔다. 그 정적 속에서 브라운 부인은 낮 동안 그녀가 들었던 소리를 떠올렸다. 호수 건너편 얕은 산 너머로 미시시피 강의 지류가 흐르고 있었는데, 오후 내내 그곳에서 총소리가 들려왔었다. 오리 사냥을 하는 소리였다. 이제 그 소리는 그쳐 있었다. 그녀는 오후 내내 그 총소리를 들으며 총탄에 맞아 수면 위로 떨어지는 무수한 오리들을 상상했었다.

was located over the mountain on the other side of the lake, and all afternoon she had heard the sounds of guns coming from that direction. It was the sound of duck hunting. Now the sounds had stopped. While listening to gunshots all afternoon, she had imagined countless ducks being struck with bullets and falling to the surface of the water.

Her husband used to go duck hunting. But she had opposed it for some unclear reason, and he had stopped without any protest. He had even gotten rid of the gun. She suddenly remembered a story her husband had told her about how Puccini was addicted to duck hunting. She also recalled a strange law in Nebraska that said it was legal to hunt ducks from a boat in the river but illegal to hunt them on land. She even thought about the name Nebraska, which was a Native American word meaning "flat river," a fact that was out of place in that moment and was one of those kinds of things that you can never remember when you're trying.

"I envy you for l-living in this h-house. How m-much does a h-house like this c-cost?" he asked, looking out the window.

"A lot," her husband said.

"How much?"

남편 역시 한때 오리 사냥을 즐긴 적이 있었다. 하지만 그녀가 뚜렷하지 않은 이유로 오리를 사냥하는 것에 반대하자 남편은 별로 항의를 하지 않고 사냥을 중단했다. 그리고 총 또한 처분을 했다. 문득 그녀는 남편이 들려준, 오페라 작곡가 푸치니가 오리 사냥 중독이었다는 얘기가 떠올랐다. 그리고 네브래스카 주에는 강에서 보트를 타고 오리를 사냥하는 것은 합법이지만 강 바깥에서 강에 있는 오리를 사냥하는 것은 불법이라는 이상한 법이 있다는 사실도 들은 기억이 났다. 그리고 네브래스카가 인디언 언어로 평평한 강이라는, 그 순간에는 어울리지 않는, 그리고 언젠가 그 의미를 떠올리려고 했지만 쉽게 떠오르지 않았던 기억이 떠올랐다.

"이런…… 집에…… 사는…… 당신들이…… 부러워요. 그런데…… 이런…… 집은…… 얼마나…… 하죠?" 창밖을 보고 있던 사내아이가 말했다.

"꽤 나가죠." 남편이 말했다.

"얼마나요?"

"백만 달러 이상 나가오. 특히 이 집은 저 아래 있는 호수 때문에 값이 더 나가오." 남편이 말했다. 그는 누군가에게 집에 대해 얘기해주는 부동산 업자처럼 보였다.

"Over a million. This house was more expensive because of the lake down there," her husband said. He looked as if he was a real estate agent telling his potential customer about the house. "It also costs a lot to maintain, and there are other expenses as well. Because of that lake. If someone drowns in the lake, the people living nearby have to pay the damages, so there's also insurance. But the insurance fee is no joke," he said. She felt like he was telling more than he needed to.

"If so-someone dies, the neigh-neighbors have to pay? I don-don't get it."

She didn't get it either. For her, even after settling down here after coming to America to study and meeting her husband, there still were a lot of rules she didn't understand.

The boy walked to the center of the living room. He had a young, boyish face and thin arms and legs. If he wasn't carrying a gun, they could turn around the situation very easily. Her husband was old but still in great shape. She was suddenly reminded of the power a gun wields. Thinking about how such a simple object could give him so much control over them, she looked at the gun differently.

"유지비도 많이 들고, 별도의 비용도 드오. 저 아래 있는 호수 때문이오. 호수에서 누군가가 빠져 죽을 경우 그것을 근처 주민들이 함께 보상해야 하는데 그 때문에 보험까지 들었소. 그런데 그 보험료가 장난이 아니오."
그녀는 남편이 필요 이상의 얘기까지 하고 있다는 느낌이 들었다.

"누군가가…… 빠져 죽을 경우…… 그것을 근처 주민들이…… 함께 보상해야 한다고요? 이해가…… 되지 않는군요."

그것은 그녀로서도 이해가 되지 않는 것이었다. 미국에는, 나이가 들어 유학와 남편을 만난 후 그곳에 정착하게 된 그녀로서는 이해할 수 없는 법들이 너무도 많았다.

그가 거실 가운데로 왔다. 그는 얼굴이 소년 같았고, 사지도 가늘었다. 그가 총만 갖고 있지 않다면 상황은 얼마든지 역전될 수 있었다. 남편은 나이가 들긴 했지만 체격이 아주 좋았다. 그녀는 새삼 총의 위력을 실감했다. 그 단순한 사물이 그토록 큰 지배력을 갖게 해준다는 생각이 들며 총이 전혀 새롭게 보였다.

하지만 사내아이는 총을 제대로 들고 있지도 않았다.

But he wasn't holding the gun properly. He kept moving the gun from hand to hand, as if it were as heavy as it looked. She doubted whether he really knew how to use it. Suddenly, she felt that the real danger wasn't in the fact that he had a gun but that he didn't know how to use it. It looked like the gun had come into his hands by chance, and that coincidence had turned him into a burglar.

"I'd like something w-warm to drink," the boy said.

The weather wasn't that cold, but he seemed to be trembling. It wasn't clear whether it was because of the cold or because he was nervous. It was obvious, though, that he was the most nervous among the three of them.

He told them to get up. Mrs. Brown led the way into the kitchen. Her husband followed, looking angry, just because his rest had been interrupted. She put water on the stove; the two men stood at her side. Except for the gun the boy was holding, the three of them looked like people preparing a cup of tea after a party. She realized that she wasn't really feeling any of the fear that a person in her situation should feel. It wasn't clear why, but the moment or opportunity when she should have felt

그는 보기에도 무거워 보이는 총이 실제로도 무거운 듯 한 손에서 다른 손으로 총을 옮기곤 했다. 그녀는 그가 과연 그 총을 다룰 줄이나 아는지 의심스러웠다. 문득 위험은 그가 총을 갖고 있다는 사실이 아니라 그가 그것을 제대로 다룰 줄 모른다는 사실에 있는 것처럼 느껴졌다. 사내아이는 우연히 총이 수중에 들어오게 되면서 강도가 된 것처럼 보였다.

"뭔가…… 따뜻한…… 걸 마시고…… 싶은데……" 사내아이가 말했다.

그는 그다지 춥지 않은 날씨였지만 약간 떨고 있는 것처럼 보였다. 그것이 추위 때문인지 아니면 긴장해서인지는 분명치 않았다. 세 사람 가운데서 그가 가장 긴장하고 있는 것이 분명했다. 사내아이는 두 사람을 자리에서 일어나게 했다. 브라운 부인이 앞장을 서 부엌으로 갔다. 남편은 휴식을 방해당한 사람처럼 화가 나 부엌으로 향했다. 그녀가 가스레인지 위에 물을 올렸고 두 남자는 그녀 옆에 서 있었다. 사내아이가 총을 들고 있는 것을 빼면 세 사람은 파티가 끝난 후 차를 한잔 마실 준비를 하는 사람들처럼 보였다. 그녀는 자신이 그 사이 그런 일을 겪게 되었을 때 당연히 느껴야 하는 공

afraid had passed, and now it seemed to be too late to feel that way.

"Have you heard this s-story? Somewhere around here in the Midwest, someone, a m-murderer, went into the forest and sh-shot some deer hunters," the boy said. He seemed to be having trouble talking at length due to his stutter, and it made her nervous.

"He shot th-three h-hunters. It wasn't an a-accident. They were h-hunting d-deer. It w-was a m-mistake. He d-didn't m-mean it. He wasn't even a h-hunter." He looked at the Magnum in his hand and smiled.

She had no way of knowing whether he was the one who did it. He didn't say whether it was someone else. But he also didn't say it was him. He only said it was someone. But that someone could have been anyone. It wasn't clear whether he was just making it up. But if it were true, then it was clearly an impressive tale.

Nonetheless, neither the story nor the situation felt real to her. Everything felt too ordinary. The sound just then of the kettle whistling as the water came to a boil only strengthened her feelings of normalcy. She poured three cups of herbal tea and

포를 거의 느끼지 않았다는 사실을 깨달았다. 그 이유는 분명치 않았지만 공포를 느껴야 하는 어떤 순간을, 혹은 기회를 그냥 지나쳐버렸고, 이제는 그것을 느끼기에 너무 늦어버리게 된 것처럼 느껴졌다.

"그 얘기…… 알아요? 이곳…… 중서부…… 지역의…… 어딘가에서…… 누군가가…… 어떤 살인자가…… 숲에…… 들어가…… 숲에서…… 사슴 사냥을…… 하고 있던…… 사냥꾼들을…… 총으로…… 쏘아 죽인…… 얘기요?" 그가 말했다. 그는 말을 더듬으며 다소 긴 얘기를 하는 데 어려움을 겪는 것처럼 보였고, 브라운 부인은 그가 얘기를 하는 동안 약간 조마조마한 마음이 들었다.

"사냥꾼…… 세 명을…… 쏘아…… 죽였죠. 사슴…… 사냥을…… 하던. 실수로…… 그들을…… 쏘아 죽인 게…… 아니에요. 그는…… 사냥꾼도…… 아니었어요." 그가 손에 든 매그넘을 바라보며 미소를 지으며 말했다.

그가 그 장본인인지는 알 수 없었다. 그는 그 살인자가 다른 누구라고 하지 않았다. 하지만 자신이라고도 하지 않았다. 그는 다만 누군가라고만 했다. 하지만 그

gave one to her husband and one to the boy. Her husband took the cup of tea, still looking disgruntled, and set it back down on the counter. But just as she handed a cup to the boy, hot tea spilled out and splashed onto his hand. The back of his hand turned bright red. He laughed awkwardly and shrugged as if to say it was nothing. She apologized. It was no one's fault, but she really meant it. She and the boy drank the tea standing.

"Smells good," he said.

It was true. She had bought the tea in a store that sold organic products in a nearby city. She suddenly realized that she had been rather obsessed with organic products for some time.

She could feel the fragrance of the tea calming her. After a while, the three of them returned to the living room. Mr. and Mrs. Brown sat on the couch again, but the boy remained standing. They could hear the faint ticking of the wall clock. It made them sensitive to other sounds. They could just make out the distant sound of the freeway and a small plane flying by. There was a landing field nearby. She had always wanted to try flying a plane. She thought it would be wonderful to fly low over plains and hills and see flocks of sheep or

누군가는 누구라도 될 수 있었다. 그리고 그가 그 이야기를 지어낸 것인지도 분명치 않았다. 하지만 그 이야기가 사실이라면 그것은 분명 인상적인 이야기였다.

그럼에도 그녀는 그 이야기도, 지금 그녀가 처한 상황도 실감이 나지 않았다. 모든 것이 너무도 일상적인 일로 여겨졌다. 그리고 그 순간 들린, 주전자의 물이 끓는 소리 역시 그런 느낌을 강화시켜주었다. 그녀는 허브티를 세 잔 만들어 두 잔을 남편과 사내아이에게 건네주었다. 남편은 여전히 못마땅한 표정을 지은 채로 찻잔을 받은 후 다시 싱크대 위에 내려놓았다. 한데 사내아이에게 차를 건네주는 순간 뜨거운 차가 엎질러지며 그의 손에 쏟아졌다. 사내아이의 손등이 빨갛게 변했다. 그는 어색한 웃음을 지으며 별것 아니라는 표정을 지었다. 그녀는 사과를 했다. 누구의 잘못도 아니었지만 그녀는 진심으로 미안했다. 그녀와 사내아이는 선 채로 차를 마셨다.

"향이 좋군요." 사내아이가 말했다.

그 말은 사실이었다. 그 차는 인근 시에 있는, 유기농 제품을 파는 가게에서 사온 것이었고, 그녀는 자신이 언젠가부터 유기농 제품에 다소 집착하고 있다는 사실

horses running in herds from mid-air. Her husband had held her back, saying it was too dangerous. But she had figured piloting a plane couldn't be any more dangerous than driving a car.

"What do you want?" her husband asked anxiously after they had been silent for a while.

The boy didn't answer right away.

"Isn't there something you want?"

"I...I..." the boy said.

"You want money? If you want money, we'll give you money."

"Money is..."

"How much do you need?"

He sounded like he was pressuring him.

"Well, then, m-maybe you can g-give me the c-cash in your wallet?" the boy stuttered.

She got up and went to the closet by the front door, thinking that maybe what the boy wanted wasn't really money. She considered the fact that he asked for the money in their wallets rather than for jewelry or for the money in their safe. She took her wallet and her husband's out from their coat pockets and took out all the cash. It was a little over five hundred dollars. She handed him the money, but he put it in his pocket without counting

을 새삼스럽게 깨달았다.

그녀는 차의 향기가 마음을 가라앉혀주는 것을 느꼈다. 잠시 후 세 사람은 다시 거실로 나갔다. 부부는 다시 소파에 앉았지만 사내아이는 그대로 서 있었다. 거실 벽에 걸린 괘종의 희미한 초침 소리가 들렸다. 그 소리는 소리에 민감하게 만들었다. 멀리 고속도로의 소음이 아주 희미하게 들렸고, 경비행기가 날아가는 소리도 들렸다. 근처에 경비행장이 있었다. 그녀는 늘 경비행기를 몰아보고 싶었다. 평원이나 구릉 위를 낮게 날며 양떼나 무리지어 달리는 말들을 공중에서 바라보는 것은 근사한 일로 여겨졌다. 남편은 그것은 너무 위험하다며 만류했다. 하지만 그녀에게 경비행기 조종은 자동차 운전 이상으로 위험한 것으로는 여겨지지 않았다.

"원하는 게 뭐요?" 잠시 세 사람이 아무 말도 없자 남편이 초조하게 물었다.

사내아이는 금방 대답을 하지 못했다.

"원하는 게 있을 거 아니오?" 남편이 말했다.

"그게…… 그러니까……" 사내아이가 말했다.

"돈을 원하오? 돈을 원하면 돈을 주겠소." 남편이 말했다.

it. Then he thanked her. She almost said, "You're welcome."

He went to the window again and looked down at the lake. The moon, which had risen above the mountain, was visible through the curtains. He gazed steadily at the barely visible lake like a person entranced. Mr. and Mrs. Brown looked at each other. Mr. Brown was frowning. She didn't like the look on his face and turned to the window. Sometimes, on nice nights when the moon was out, she would sit in a chair on the terrace and look at the lake. Some days she could even see fish leaping out of the water.

Just then, the doorbell rang. They looked at each other. But the boy looked calm. He went to the front door. She noticed that he was walking uncomfortably even though there didn't seem to be anything physically wrong with him. He opened the door. A young-looking girl with a disheveled face came in. She looked like she had just woken from a poor sleep, as if she had been sleeping in a car parked nearby in the forest.

"Why are y-you so l-late?" he asked.

"It was hard to wake up," she said.

Looking a little embarrassed, she rubbed her

"돈은……" 사내아이가 말했다.

"얼마면 되겠소?" 남편이 말했다.

그녀는 남편의 말이 다그치는 사람의 말로 들렸다.

"그럼…… 혹시…… 지갑…… 속에…… 있는…… 돈을…… 꺼내…… 줄…… 수…… 있나요?" 사내아이가 말을 더듬으며 돈을 요구했다.

그녀는 자리에서 일어나 현관에 있는 옷장으로 가며 사내아이가 원하는 것이 돈이 아닐지도 모른다는 생각을 했다. 그리고 문득 집 안에 있는 금고 속의 돈이나 보석을 요구하는 대신 지갑 속의 돈을 달라고 한 사실을 상기하며 자신과 남편의 옷 속에 있는 지갑 안의 돈을 모두 꺼냈다. 모두 오백 달러가 조금 넘는 돈이었다. 그 돈을 건네주었지만 사내아이는 세어보지도 않고 자신의 호주머니 속에 집어넣었다. 그런 다음 그는 고맙다는 말을 했다. 그녀는 하마터면 천만에요, 라는 말을 할 뻔했다.

사내아이는 다시 창가로 가 호수를 내려다보았다. 그 사이 산 위로 떠오른 달이 커튼 너머로 보였다. 사내아이는 어슴푸레하게 보이는 그 호수에 마음이 끌린 사람처럼 그곳을 응시했다. 부부는 서로를 쳐다보았다. 남

eyes and stared at Mr. and Mrs. Brown in turn. Mrs. Brown wondered whether she was embarrassed because she had forced her way into their house or because she hadn't fixed her face after waking up. The four of them stared at each other briefly without saying anything.

"Why didn't you tie them up?" she asked.

"I don't t-tie people up," the boy said.

"But shouldn't we tie them up?" she asked.

"It's fine."

"It seems like tying them up would be safer and more natural."

The boy didn't say anything. He seemed to be debating which way would be more natural, and he seemed to think it was better to not tie them up. As Mrs. Brown listened to the two kids talk about them, she felt more pity than any feelings of absurdity. She felt as if she should give them some words of advice. She thought she had seen the girl somewhere. Like the boy, the girl looked very clumsy. But that may have been why they suited each other so well. At any rate, they seemed more compatible than Mrs. Brown and her husband, who hadn't been getting along with each other very well recently.

편의 얼굴이 일그러져 있었다. 그녀는 남편의 표정이 어쩐지 마음에 들지 않았고, 창밖을 바라보았다. 가끔 날씨가 좋은 날 밤 달이 뜰 때면 그녀는 바깥 테라스에 있는 의자에 앉아 호수를 바라보곤 했다. 어떤 날은 호수 위로 튀어오르는 물고기도 볼 수 있었다.

그때 초인종 소리가 들렸다. 세 사람은 서로를 쳐다보았다. 하지만 사내아이는 태연한 표정이었다. 그가 현관으로 걸어갔다. 그 순간 그녀는 그가 약간 불편하게 걸음을 떼는 것을 보았지만, 신체적인 이상이 있는 것처럼 보이지는 않았다. 사내아이가 문을 열어주었다. 부스스한 얼굴의 앳되어 보이는 여자아이가 들어왔다. 여자아이는 아마도 주변 숲 속에 주차해놓은 차에서 자고 온 듯 불편한 잠을 잔 사람처럼 보였다.

"왜…… 이렇게…… 늦었어?" 사내아이가 말했다.

"일어나는 게 힘이 들었어." 여자아이가 말했다.

여자아이는 눈을 비비며 약간 쑥스러워하면서 브라운 씨 부부를 번갈아가며 쳐다보았다. 브라운 부인은 그녀가 쑥스러워하는 것이 그런 식으로 그들의 집을 침입해서인지 아니면 자고 일어난 후 화장을 제대로 고치지 않아서인지 분명치 않았다. 네 사람은 잠시 서로를

"Have you done this sort of thing before?" Mrs. Brown asked, purely out of curiosity.

"No. It's the first time," the boy said.

"Actually, we didn't know we were going to do this," the girl said.

"Really? How do you think it's going?" she asked.

"I don't know," the girl said, smiling bashfully.

She could tell by their accents that they weren't from around there, but she wasn't sure where they were from exactly. Her English wasn't good enough to be able to distinguish between regional accents. She wanted to ask where they were from but thought it might be rude.

"Where are you two from?" her husband asked suddenly, as if he had read her mind.

They looked at him quietly.

"Don't you think it's all right if we tell?" the girl asked.

The boy was quiet.

"They're only asking where we're from," she said.

The boy looked at Mrs. Brown as if asking for her advice.

"Tell us where you're from," she said.

"We're from Portland," the girl said.

"Portland, Oregon?" Mrs. Brown asked.

아무 말 없이 쳐다보았다.

"왜 묶어놓지 않았어?" 여자아이가 말했다.

"나는…… 사람을…… 묶거나…… 하지는…… 않아." 사내아이가 말했다.

"묶어놓지 않아도 될까?"

"괜찮을 거야."

"묶어놓는 게 좀 더 안전하고 자연스러울 것 같아."

사내아이는 아무 말도 하지 않았다. 그는 어떤 것이 좀 더 자연스러울지를 잠시 고민하는 것 같았고, 묶지 않는 것이 낫다고 생각하는 것 같았다. 브라운 부인은 두 아이가 그들 부부에 대해 하는 말을 들으며 그것이 어이없게 여겨지기보다는 그들이 딱하게 여겨졌다. 마치 자신이 어떤 조언이라도 해줘야 할 것처럼 여겨졌다. 그녀는 여자아이가 어딘가에서 본 적이 있는 것처럼 여겨졌다. 여자아이 역시 어수룩하게 보였다. 그런데 어쩐지 그 때문인지는 몰라도 둘은 잘 어울려 보였다. 어쨌든 최근 들어 서로 부쩍 서먹해진 브라운 부인 자신과 남편보다는 잘 어울려 보였다.

"이런 일을 전에도 한 적이 있나요?" 브라운 부인은 순전히 호기심에서 그런 질문을 했다.

"No. Every time we tell people we're from Portland, they think we mean Oregon. We've never been there. But I've heard it's a really free city with a lot of hippies. I want to go there some day."

"We're f-from the Northeast. Portland, M-maine. Both of us," the boy said.

Mrs. Brown had always wanted to see the Northeast. On TV, it had looked more like Europe than America. She hated the mild weather of the Midwest that dragged on wearily through all the seasons except for winter. She wanted to go some place where it was always foggy and rainy. She also wanted to see Nova Scotia, Canada, farther north of Maine. Nova Scotia was one of the places that always camc to mind when she thought of travel destinations. Even the name, meaning "New Scotland," sounded wonderful.

"There's a place called Freeport north of Portland that's really beautiful. My grandmother lives next to a small inlet there, and when it's foggy in winter, it feels like you're far away from everything. I used to go there a lot because of that," she said.

"Stephen K-king was born nearby," the boy said.

Mrs. Brown had seen a movie based on one of his novels. It was set in a cornfield in the midwest-

"아뇨…… 처음이에요." 사내아이가 말했다.

"사실은 우리가 이런 일을 하게 될 줄은 몰랐어요." 여자아이가 말했다.

"그래, 해보니 어때요?" 브라운 부인이 물었다.

"잘 모르겠어요." 그녀의 말에 여자아이가 쑥스러운 듯 미소를 지으며 말했다.

억양으로 미루어보아 그들이 그 지역 출신이 아니라는 것은 알 수 있었지만, 정확히 어디 출신인지는 알 수 없었다. 브라운 부인의 영어 실력은 사투리를 구분할 수 있을 정도로 좋지는 않았다. 그녀는 그들의 출신을 물어보고 싶었지만 그것은 예의가 아닌 일로 여겨졌다.

"당신들은 어디 출신이오?" 그 순간 그녀의 생각을 읽기라도 한 듯 남편이 물었다.

그들은 남편을 가만히 쳐다보았다.

"얘기해도 되지 않겠어?" 여자아이가 말했다.

사내아이는 가만히 있었다.

"그냥 고향을 묻는 것뿐이잖아." 여자아이가 말했다.

사내아이는 마치 조언을 구하듯 브라운 부인을 바라보았다.

"어디 얘기해봐요." 브라운 부인이 말했다.

ern part of Maine, but she couldn't remember the title.

"Bunkers were built on the coast of Portland during World War II. They were built to keep the Germans away, but the Germans never invaded. When I was little, we thought that the Germans would show up one day, even though the war had been over for a really long time. We used to pretend we were fighting them off," the girl said.

"We w-went there a lot when we were l-little. We went fishing. We wondered i-if the Germans were going to sh-show up," the boy said.

"There are a lot of nice lighthouses in Portland," the girl said.

Mrs. Brown thought that if they kept talking, they might even invite her to Portland. She also thought that if they had been planning to leave their hometown, they should have first headed for California or Florida and not to the Midwest. Then she thought the same about herself. The conservative Midwest, a world of white people, was a stifling place. She had once gone to a national rodeo competition with her husband. The rodeo competition was held several hours away by car. Entering the rodeo grounds gave her the chills. The rodeo

"포틀랜드 출신이에요." 여자아이가 말했다.

"오리건 주 포틀랜드 출신이라고요?" 브라운 부인이 말했다.

"아뇨. 어딜 가나 우리가 포틀랜드 출신이라고 하면 다들 오리건 주 포틀랜드인 줄 알더군요. 그곳은 우리도 가보지 못했어요. 히피들이 많아 굉장히 자유로운 도시라는 얘기는 들었지만요. 한번 꼭 가보고 싶은 곳이긴 해요." 여자아이가 말했다.

"동북부…… 메인 주…… 포틀랜드…… 출신이에요. 우리…… 둘 다." 사내아이가 말했다.

동북부는 브라운 부인이 늘 가보고 싶었던 곳이었다. 텔레비전에서 본 그곳은 미국보다는 유럽 같아 보였다. 그녀는 겨울을 제외하고는 나머지 계절 동안 지루하게 계속되는 중서부의 화창한 날씨가 싫었다. 그녀는 안개와 비가 빈번한 곳으로 가고 싶었다. 그리고 메인 주에서 더 북쪽에 있는 캐나다의 노바스코샤에 가고 싶었다. 노바스코샤는 그녀가 여행지를 떠올릴 때면 늘 떠오르는 곳 중 하나였다. 새로운 스코틀랜드라는 의미의 그곳은 이름만으로도 근사하게 느껴졌다.

"포틀랜드 위쪽 프리포트라는 곳은 정말로 아름답죠.

was full of nothing but white people. The moment she entered the stands, she could feel that all eyes were on her. The only person of color was an African American man working as a rodeo clown. And he was nothing but a joke.

She suddenly thought of a movie called "Kalifornia" that she had watched with her husband. She'd liked the movie, but he hadn't. He was much older than she was, but she couldn't blame his not liking the movie on his age. His tastes differed from hers in a lot of ways.

She wondered if they knew that they were in the Midwest. They seemed to know very little about geography.

"Aren't there t-tornadoes here?" the boy asked. That might have been all he knew about the Midwest.

"Actually, there was a tornado not far from here a few days ago. Two people died," she said.

"If there's one thing I want to see or experience here, it's a tornado," the girl said.

It was the same for her. When she had moved here, she had wanted to see a tornado. She had seen an impressive documentary on TV about people who rush into tornado zones to research

그곳의 작은 포구에 내 할머니 집이 있는데 겨울에 안개가 끼면 너무도 황량한 느낌이 들죠. 그 때문에 그 집에 자주 가곤 했어요." 여자아이가 말했다.

"그 가까운…… 곳에서…… 스티븐 킹이…… 태어나기도…… 했죠." 사내아이가 말했다.

브라운 부인은 스티븐 킹이 그곳 중서부의 옥수수밭을 무대로 해 쓴 소설을 영화로 만든 것을 본 적이 있었지만 그 제목이 생각이 나지 않았다.

"포틀랜드 해안에는 이차세계대전 때 지은 요새들이 있죠. 독일군에 대항하기 위해서 지은 건데 독일군이 그곳까지 쳐들어온 적은 한 번도 없죠. 어릴 적, 전쟁이 끝난 지 한참이 지났지만 우리는 언젠가는 그곳으로 독일군이 쳐들어올 거라고 생각했고, 독일군에 대항해 싸우는 놀이를 하곤 했죠." 여자아이가 말했다.

"어릴 때…… 우리는…… 자주 그곳에…… 놀러 가곤…… 했어요. 우리는…… 그곳에서…… 낚시도…… 했죠. 독일군이…… 쳐들어올지도…… 모른다는…… 생각을…… 하면서요." 사내아이가 말했다.

"포틀랜드에는 멋진 등대들이 많이 있죠." 여자아이가 말했다.

and record tornadoes. But they weren't in a key tornado area, and there had been no more tornados after the last one had come through quite some time ago.

An awkward silence unfolded in the living room. She thought maybe now they would leave, unable to take the silence. There didn't seem to be anything more that she could think of. Nevertheless, she wanted them to stay a little longer. She felt like an otherwise sure-to-be boring night had become a cheerful one because of them.

Just then, they heard a small plane pass by again. She had flown in one only once. But she hadn't piloted it herself. It was a two-seater, single engine Cessna. She pictured the way the forest had seemed to bob beneath her as they skimmed over it. She might fly along the Mississippi River or one of its tributaries someday. There were a number of tributaries flowing into the Mississippi valley, including small tributaries with ill-matched names, like Volga or Yellow River. Maybe there was even one called the Nile.

"Did he tell you about the murderer who went into the forest and shot the guys who were hunting deer?" the girl asked.

브라운 부인은 좀 더 얘기를 나누게 되면 그들이 자신을 포틀랜드로 초대할 수도 있을 거라는 생각을 했다. 그리고 그들 둘이 고향 포틀랜드를 떠날 작정이었다면 애초에 그곳 중서부 지역이 아닌 캘리포니아나 플로리다로 향했어야 했다는 생각을 했다. 그리고 그것은 자신 역시 마찬가지라는 생각이 들었다. 백인들의 세상인 보수적인 중서부는 숨이 막히는 곳이었다. 그녀는 언젠가 남편과 함께 로데오 경기장에 간 적이 있었다. 차로 몇 시간 거리에 있는 들판의 로데오 경기장에서 전국적인 규모의 로데오 경기가 열렸던 것이다. 경기장에 들어선 그녀는 소름이 끼쳤다. 로데오는 오로지 백인만의 경기였다. 그녀가 관중석에 들어간 순간 모두의 눈길이 아시아인인 그녀에게 쏠렸다. 그녀 외에 유일한 유색인종은 경기장에서 익살꾼으로 일하는 흑인 하나밖에 없었다. 그리고 그 흑인은 철저하게 웃음거리가 되고 있었다.

그녀는 문득 언젠가 남편과 함께 본 〈칼리포니아〉라는 영화를 떠올렸다. 그녀는 그 영화가 마음에 들었지만 남편은 좋아하지 않았다. 남편이 그녀보다 나이가 훨씬 많고 다소 늙었다는 사실로는 그가 그 영화를 좋

Mrs. Brown nodded. Mascara was smudged under the girl's left eye. She wanted to lend the girl some make-up.

"He tells everyone that story, like he thinks it's funny. But it is funny. It's a great story," the girl said.

She spoke without hesitation. Mrs. Brown looked at the girl's face, which was young and unkempt but very attractive, and she felt a little jealous. The girl's youth made her feel happy. Mrs. Brown suddenly remembered seeing a girl a while back who was shopping for a coat in a store downtown and becoming fascinated by her beauty. The girl had put on the green coat she had picked out and had looked at herself in the mirror, debating for a long time whether or not to buy it. The girl next to her now was wearing a green coat of a similar design. Maybe she had remembered the girl at the shop because of the coat. If this girl beside her were made up properly, she would have looked just like the girl she had seen in the store. Mrs. Brown pictured the girl differently and smiled, faintly. The green color of the coat she was wearing was enticing. Mrs. Brown had never once worn a green coat. Almost all of her coats were black.

아하지 않는 이유를 설명할 수 없었다. 남편은 그녀와는 많은 부분에 있어 취향이 달랐다.

그녀는 그들이 찾아온 곳이 중서부로 불리는 곳인지 알기나 하는지 궁금했다. 그들은 무엇보다도 지리에 대한 지식이 없는 것처럼 여겨졌다.

"이곳에는…… 토네이도는…… 불지…… 않나요?" 사내아이가 말했다. 어쩌면 그는 중서부에 대해 아는 것이라곤 그곳에 토네이도가 불어온다는 사실뿐인지도 몰랐다.

"사실은 며칠 전에 이곳에서 조금 떨어진 곳에 토네이도가 불어와 두 명이 죽었어요." 브라운 부인이 말했다.

"이곳에 오면서 꼭 보고 싶었던 혹은 경험하고 싶었던 것 하나가 있다면 그건 토네이도였어요." 여자아이가 말했다.

그것은 그녀 역시 마찬가지였다. 그녀는 그 지역으로 오면서 토네이도를 꼭 구경하고 싶었다. 언젠가 텔레비전에서 본, 토네이도가 있는 곳이면 어디라도 달려가 그것을 촬영하고 연구하는 사람들에 관한 다큐멘터리는 무척 인상적이었다. 하지만 그곳은 토네이도가 빈번하게 지나가는 길목이 아니었고, 오래전 마지막으로 토

Her husband stared at her coldly. She was disappointed to find that he was so inflexible. He was having trouble accepting the situation he was in as his own. Perhaps he resented the fact that white people like him, rather than people of color, were putting them through this ordeal. Or maybe he was just angry that he couldn't get ready for his business trip the next day. He was supposed to give a guest lecture at a conference in Chicago. Anyway, what disappointed her most was the fact that she couldn't feel the value of having a husband in such a moment of crisis. Nevertheless, it was at least fortunate that her short-tempered husband hadn't lost his self-control and exploded with anger.

There was only one time that he had been violent towards her. He had punched her in the face and knocked her out. But it was probably for the better that she had lost consciousness. When she came to, she didn't feel any serious contempt or shame, and instead was able to accept what had happened as understandable to some extent.

"How many hunters did he say there were? Three? There were actually only two," the girl said.

"It was three," the boy said.

"It was definitely two."

네이도가 찾아온 것을 끝으로 더 이상은 그곳에 찾아오지 않았다.

잠시 거실에는 어색한 침묵이 흘렀다. 그녀는 이제 그들이 그 어색한 침묵을 견디지 못하고 가버릴 수도 있다는 생각이 들었다. 더 이상 그들이 그곳에서 할 수 있는, 그녀가 생각해낼 수 있는 일은 별로 없는 것처럼 여겨졌다. 그럼에도 그녀는 그들을 좀 더 붙들고 있고 싶은 마음이 들었다. 어쨌든 그녀는 그들로 인해 자칫, 아니 거의 틀림없이 무료할 수도 있는 그날 저녁을 나름대로 유쾌하게 보내고 있었던 것이다.

그때 또다시 경비행기가 날아가는 소리가 들렸다. 그녀는 단 한 번 경비행기를 탄 적이 있었다. 하지만 직접 조종을 한 것은 아니었다. 이인승 단발 세스나 기였다. 숲 위를 스치듯 날아갔을 때 숲이 일렁이던 장면이 떠올랐다. 어쩌면 미시시피 강을 따라, 혹은 지류 중 하나를 따라 날아갈 수도 있을 것이었다. 미시시피 강 유역에는 그 강으로 흘러드는 수많은 지류들이 있었는데, 그 가운데는 볼가 강과 황하라는 이름의, 이름에 걸맞지 않게 작은 지류들도 있었다. 어쩌면 나일 강도 있는지도 몰랐다.

They argued for a while about how many people were in the story, which they alone knew. Based on what they were saying, they could have been the killers themselves, but Mrs. Brown felt increasingly more skeptical that they could have committed the murders. They looked too naive to have committed such a heinous crime. The boy looked at her shyly.

"Do you happen to h-have anything for h-hemorrhoids?" he asked, his face turning red.

She finally understood why he had remained standing and walked so uncomfortably. He might also have been nervous about robbing someone for the first time, but the larger reason was the hemorrhoids. They would have made it uncomfortable for him to walk or sit down. She felt sympathetic towards him, as well as a sense of closeness. She realized that learning that someone has hemorrhoids can make you feel closer to them. It was different from finding out that someone has a heart problem or diabetes or high blood pressure. In fact, you had to be very close to someone in order to confess that you have hemorrhoids.

"We should have some medicine," she said.

She remembered that her husband had some

"이 친구가 어떤 살인자가 숲에 들어가 숲에서 사슴 사냥을 하고 있던 사냥꾼들을 총으로 쏘아 죽인 얘기를 하던가요?" 여자아이가 말했다.

브라운 부인은 고개를 끄덕였다. 화장을 제대로 하지 않은 여자아이의 왼쪽 눈에 마스카라가 번져 있었다. 그녀는 자신의 화장품으로 화장을 고치게 해주고 싶었다.

"이 친구는 그 얘기가 그렇게 재미있는지 만나는 사람들 모두에게 그 이야기를 하고 다니죠. 하긴 재미있긴 해요. 근사한 얘기 같아요." 여자아이가 말했다.

그녀는 서슴없이 얘기를 했고, 브라운 부인은 그녀의 부스스한 모습 아래로 아직 앳되지만 매력이 넘치는 얼굴을 보았고, 그래서 약간 질투를 느꼈다. 그녀의 젊음은 너무도 기분 좋게 느껴졌다. 브라운 부인은 문득 얼마 전 시내의 어떤 가게에서 코트를 고르고 있던 한 여자아이의 매력적인 모습을 잠시 넋을 잃고 보았던 기억을 떠올렸다. 그 여자아이는 자신이 고른 초록색 코트를 입고 거울에 비친 자신의 모습을 보며 그것을 살지 오랫동안 고민을 했다. 지금 옆에 있는 여자아이는 비슷한 디자인의 초록색 코트를 입고 있었다. 어쩌면 그

hemorrhoid medicine in the bathroom cabinet. It was a popular suppository called Preparation-H. She had also used it once or twice. As she rose, she saw that her husband was staring at her unhappily. He looked very sly and narrow-minded. She brought the medicine out of the bathroom and gave it to the boy. It seemed like a genuine or even supreme favor that one person could do for someone else, and she was happy to be able to do this favor for him.

The boy handed the gun to the girl and went to the bathroom. Mrs. Brown smiled, imagining the boy agonizingly inserting the suppository into his anus. His shit would be smeared with oil when he had a bowel movement. She didn't find the situation absurd at all, even though it could be thought of that way. The situation felt too ordinary. In comparison, other aspects of her everyday life seemed far more absurd.

When he came out from the bathroom a little while later, the boy looked more comfortable. The four of them looked like a middle-aged married couple and their kids, who were visiting after a long absence. They were sitting around awkwardly, as if they couldn't think of anything else to talk

코트 때문에 전에 본 그 여자아이를 떠올리게 되었는지도 몰랐다. 지금 이 여자아이 또한 제대로 꾸미기만 한다면 가게에서 본 그 여자아이 못지않게 매력적일 것이 분명했다. 브라운 부인은 가게에서 옷을 고르는 그녀의 또 다른 모습을 상상하며 희미하게나마 미소를 지었다. 그리고 그녀가 입고 있는 코트의 색인 초록색이 매력적으로 여겨졌다. 그녀는 한 번도 초록색 코트를 입은 적이 없었다. 그녀의 코트는 거의 모두 검정색이었다.

그때 남편이 그녀를 쏘아보았다. 그녀는 남편이 유연하지 못한 모습을 보이는 것이 실망스러웠다. 그는 자신이 처하게 된 상황을 자신의 것으로 받아들이는 데 무척 서툴렀다. 어쩌면 그는 유색인종이 아니라 자신과 같은 백인에게 그런 일을 당하고 있는 사실에 분개하고 있는지도 몰랐다. 아니면 이튿날 가게 될 출장 준비를 하지 못하고 있는 것에 화가 나 있는지도 몰랐다. 그는 이튿날 시카고에 가 초청 연사로 강연을 하게 되어 있었다. 어쨌든 그녀는 그러한 위기의 순간에 남편의 소중함을 깨닫지 못하고 있다는 사실이 가장 실망스러웠다. 그럼에도 성격이 다소 급한 남편이 자제력을 잃어 화를 폭발시키지 않는 것이 그나마 다행이라면 다행이

about after the initial greetings.

"Aren't you hungry? I can order us a pizza if you want. I'll p-pay," the boy said.

Mrs. Brown realized that he was stammering less conspicuously now. He seemed to be less nervous.

"They don't deliver pizza out here," Mrs. Brown said.

It occurred to her that she could have called for help on the pretext of ordering pizza, or even just called a pizza place. Then the situation might have turned out differently. Also, it was possible that they did deliver pizza out here. The Browns' house was a little way from downtown and they never ordered pizza, so she just assumed that they couldn't get delivery out here.

"But there is some leftover pizza in the refrigerator. Do you want it?" she asked.

The boy nodded, so she went to the kitchen and returned with the microwaved pizza. The boy and girl ate it hungrily. They must have been starved. The boy offered some to the Browns, but they declined. She felt bad that she couldn't offer them tastier pizza. The girl turned on the TV. Another boring show was on. It was one of those bizarre reality shows, but there didn't seem to be anything

었다.

남편이 그녀에게 폭력을 휘두른 건 단 한 차례였다. 얼굴을 한 대 맞은 그녀는 의식을 잃었었다. 의식을 잃은 것은 오히려 잘된 일인지도 몰랐다. 그로 인해 의식이 돌아왔을 때 그녀는 극심한 모멸감이나 수치감을 느끼지 않을 수 있었고, 대신 그 일을 어느 정도 이해할 수 있는 일로 받아들일 수 있었다.

"그런데 사냥꾼이 몇 명이라고 하던가요? 세 명이라고 하던가요? 한데 본래는 두 명이었어요." 여자아이가 말했다.

"세 명이었어." 사내아이가 말했다.

"두 명이 확실해." 여자아이가 말했다.

둘은 그들만이 아는 이야기 속 인물들의 수에 관해 한참 동안 이야기를 주고받았다. 그들이 하는 얘기만으로는 그 살인이 그들의 소행으로 여겨지기도 했지만 브라운 부인은 그들의 얘기를 들을수록 그것은 사실이 아닌 것으로 여겨졌다. 그들은 그런 일을 저지르기에는 너무도 순진해 보였다. 그 순간 사내아이가 그녀를 수줍게 쳐다보았다.

"저기…… 혹시…… 집에…… 치질약이…… 있나

real about it. Plus, it was much duller than what was happening to them right now. While he ate the pizza, the boy picked up a newspaper, opened it, and looked at it closely. He stared at it for a long time without shifting his gaze. He seemed to be reading one of the articles, but it was taking him too long. He looked like he was struggling to understand something rather than reading something seriously. She thought it was the science or arts section, but it was the sports section. He looked like he was having trouble reading the words and couldn't understand the story. Maybe he had only finished middle school or was a high school drop-out.

"Can you p-play the piano?" he asked Mrs. Brown. He finished eating and put the newspaper down.

She nodded. She had learned to play as a child and still played the piano in the living room from time to time.

"Can I ask you a f-favor?"

She nodded again.

"Will you p-play it for me?"

It was a completely unexpected request. She thought he would ask for more money or a change

요?" 사내아이가 얼굴을 붉히며 말했다.

그제야 그녀는 사내아이가 계속해서 서 있었으며, 불편하게 걸음을 떼던 이유를 알 수 있었다. 강도짓이 처음이라 긴장해서였기도 했지만 치질이 더 큰 이유인 것이 분명했다. 치질이 심해 자리에 앉거나 걷는 것이 고통스러운 게 분명했다. 그녀는 사내아이에 대한 연민을 느꼈다. 그리고 친밀감을 느꼈다. 그녀는 누군가에게 치질이 있다는 것을 안다는 사실이 대단한 친밀감을 준다는 사실을 깨달았다. 그것은 누군가에게 심장병이나 당뇨 또는 혈압과 관련된 질병이 있다는 것을 알게 되는 것과는 다른 것이었다. 실제로 자신에게 치질이 있다는 사실을 털어놓는 것은 아주 가까운 사이에서나 가능한 일이었다.

"아마도 있을 거예요." 브라운 부인이 말했다.

그녀는 화장실 찬장 안에 있는 남편의 치질약에 대한 생각이 떠올랐다. 프레프레이션-H라는, 흔히 쓰이는 치질약이었다. 그녀 또한 한두 번 그것을 사용한 적이 있었다. 그녀는 자리에서 일어났다. 그녀는 못마땅하다는 듯 자신을 쳐다보고 있는 남편을 보았지만 무시했다. 그녀는 그가 무척 기만적이며 옹졸한 사람처럼 여

of clothes. Mr. Brown looked at his wife, dumbfounded.

"What the hell do you want? You have our money, so you can go now," he said.

But the boy ignored him. Mrs. Brown went obediently to the piano and sat down on the bench. She reminded herself that she still was a hostage. She wondered which song would be nice to play. But the boy told her what he wanted to hear. It was a song everyone knew. She played 'Under the Moonlight.' To her surprise, the boy began to sing along. He looked like a choirboy as he sang. He didn't sing very well, but he did the best he could. The mood in the living room changed while he sang. It no longer felt like a house where people were being robbed.

After finishing his song, the boy asked if anyone else wanted to sing. When no one responded, he asked her to play another song for him. This time he requested 'Heart and Soul.' Recently, she had hardly played the piano and so made a few mistakes on certain notes. It bothered her a little, but she kept going. Anyway the singer didn't seem to notice her mistakes. The songs he chose didn't seem appropriate for the situation. They sounded

겨졌다. 그녀는 화장실에 가 찬장에서 치질약을 꺼내와 약을 그에게 주었다. 그리고 그것은 인간이 인간에게 베풀 수 있는 진정한 의미의 호의처럼, 어떤 궁극적인 호의처럼 여겨졌고, 그러한 호의를 베풀 수 있는 것에 기분이 좋아졌다.

사내아이는 총을 여자아이에게 줘 들고 있게 한 다음 화장실로 들어갔다. 브라운 부인은 화장실에서 괴로워하며 항문 속에 치질약을 삽입하고 있을 사내아이를 생각하자 웃음이 나왔다. 그가 변을 보게 되면 기름덩어리가 잔뜩 나올 것이었다. 그녀는 부조리할 수도 있는 그 상황이 전혀 부조리하게 여겨지지 않았다. 그 상황은 너무도 일상적인 것으로 여겨졌다. 그에 비하면 자신의 자연스런 일상의 어떤 부분들이 더욱 부조리하게 여겨졌다.

조금 후 화장실에서 나온 사내아이의 얼굴은 좀 더 편해 보였다. 네 사람은 한 부부와 그들을 오랜만에 찾은 그들의 아이들과 다르지 않게, 서로의 안부에 대한 얘기가 끝난 후 더 이상 마땅히 할 말을 찾을 수 없는 사람들처럼 어색하게 앉아 있었다.

"혹시 배가…… 고프거나…… 하지 않나요? 원하

too sentimental or emotional. But would any song suit the situation? Luckily, he hadn't chosen anything that would have been difficult for him to sing.

Mrs. Brown wondered if he was going to start dancing or try to get her to dance. But he didn't. That was fortunate. If one of them had started dancing just then, it would have been too far-fetched, or have been like a stupid farce. He sang two more songs in the same way. He sang a total of four songs, as if singing one for each of them. When he was done singing, the situation, which had seemed to change into something completely different, turned back into an undeniable home invasion. Nevertheless, something had changed during that time, and they could all feel it. They seemed to have completely lost their clearly defined roles as burglars and hostages.

Mrs. Brown took a close look at the boy. He looked embarrassed. It occurred to her that he hadn't stammered at all while singing, and she idly wondered whether stammering could be cured through music, though she didn't say it out loud. For all she knew, that type of therapy could already be in use.

"Is it all right if I ask a q-question?" the boy said.

면…… 피자를 시켜드릴…… 수도 있어요. 돈은 내가 지불할게요." 사내아이가 말했다.

브라운 부인은 이제 그가 눈에 띄게 말을 덜 더듬는 것을 알아차렸다. 그만큼 그가 덜 긴장하고 있는지도 몰랐다.

"이곳까지는 피자를 배달하지 않아요." 브라운 부인이 말했다.

그녀는 피자를 주문하는 핑계를 대 어딘가에 전화를 할 수도, 아니면 정말로 피자가게에 전화를 해 피자를 주문할 수도 있었다는 생각이 들었다. 그렇게 하면 상황이 달라질 수도 있었다. 그리고 실제로 피자가게에서 피자를 그곳까지 배달해주는지 어떤지도 몰랐었다. 그들 부부의 집은 시내에서 다소 떨어진 거리에 있었고, 그래서 한 번도 그 집에서 피자를 주문한 적이 없었고, 그에 따라 당연히 배달이 되지 않는 것으로 생각했던 것이다.

"하지만 냉장고 안에 먹다 남은 피자가 있긴 해요. 그거라도 먹겠어요?" 브라운 부인이 말했다.

사내아이가 고개를 끄덕였다. 브라운 부인은 부엌으로 가 피자를 데워 나왔다. 사내아이와 여자아이는 피

She nodded.

"What do you do?" He turned to Mr. Brown and asked.

"I teach hydraulics at a university."

"What's h-hydraulics?"

"It's the study of water. I research ways of using the power of water and other liquids."

It wasn't much of an explanation, but he didn't ask any more questions. She knew that what her husband taught had something to do with liquids, but beyond that, she knew very little about what he actually did. He had once explained that hydraulics was used in the anti-lock braking system of the luxury car they had purchased, but that was the extent of her knowledge.

"That sounds like a g-great job. And what about you?" he asked Mrs. Brown.

"I teach middle school geography."

"That's great," he said.

She didn't think her job was that great, but she enjoyed it. Plus, since she was a geography teacher, she knew a lot of unfamiliar but fabulous place names. She liked to recite place names in her mind, not famous ones like Machu Picchu, Angkor Wat, Serengeti, Lake Baikal, but the ones hardly anyone

자를 맛있게 먹었다.

그들은 저녁을 굶은 것이 분명했다. 사내아이는 브라운 씨 부부에게 피자를 권했지만 그들은 사양했다. 브라운 부인은 좀 더 맛있는 피자를 내놓지 못한 것이 미안했다. 여자아이가 텔레비전을 틀었고, 또 다른 시시한 쇼가 방영되고 있었다. 실제 상황을 다루는 무척 엽기적인 쇼였지만, 브라운 부인은 그것이 전혀 현실성이 없게 여겨졌다. 그리고 그들에게 벌어지고 있는 일에 비하면 그 쇼는 너무도 무미하게 여겨졌다. 사내아이는 피자를 먹으며 탁자 위에 놓여 있던 신문을 들어 어떤 면을 펼쳐 유심히 보았다. 그는 한참 동안 신문을 들여다보았다. 그의 시선은 움직이지 않았다. 한데 어떤 기사를 보는 것 같긴 했지만 아무래도 너무 오래 걸리는 것 같았다. 뭔가를 진지하게 보기보다는 뭔가를 이해하려고 애를 쓰는 것처럼 보였다. 그녀는 그가 신문의 과학 기사나 예술 관련 기사를 보고 있을 거라는 생각을 했다. 하지만 그가 읽고 있는 것은 스포츠 기사였다. 아무래도 사내아이는 기사를 이해하는 데 있어서라기보다는 글을 읽는 데 어려움을 겪고 있는 것 같았다. 어쩌면 그는 중학교만 졸업했거나 고등학교를 중퇴했는지

knew. She was drawn to places like the Axel Heiberg Island or the Zemlya Franz Joseph and Severnaja Zemlya archipelagos, located near the polar ice cap in the Arctic Ocean. The four of them sat quietly for a moment. They looked like they were all waiting to hear the sound of another small airplane flying by.

"How about a pop quiz?" Mrs. Brown said.

She had no idea why she had suddenly asked such a strange question. Maybe she wanted to feel closer to the young strangers who had burst in on their evening. Her husband looked dumbfounded, but she ignored him.

"The name New York comes from the city of York in England. Same with New Hampshire and New Jersey. They all come from England. So where does the name New Zealand comes from? Where might the island called Zealand be?"

"Isn't it an island in England?" the boy asked.

"Nope."

"Is there even an island called Zealand?" Mr. Brown asked more loudly than necessary.

The three of them stared at him as if he didn't belong there.

"Is it in Holland?" the girl asked.

도 몰랐다.

"혹시 피아노를…… 칠 줄 아나요?" 피자를 다 먹은 사내아이가 기사에서 눈을 떼며 브라운 부인에게 물었다.

그녀는 고개를 끄덕였다. 그녀는 어린 시절 피아노를 배웠고, 가끔 시간이 날 때면 거실에 있는 피아노를 치곤 했다.

"한 가지…… 부탁이 있는데…… 드려도 될까요?" 사내아이가 주저하며 물었다.

그녀는 고개를 끄덕였다.

"나를 위해…… 피아노를 쳐줄 수 있나요?"

그것은 전혀 그녀가 예상치 못한 부탁이었다. 그녀는 돈을 더 달라거나 갈아입을 옷을 빌려달라거나 하는 부탁을 예상했었다. 남편은 어이가 없다는 듯 그녀를 쳐다보았다.

"도대체 원하는 게 뭐요? 돈을 가졌으면 그만 가도 되지 않소?" 남편이 말했다.

하지만 사내아이는 그의 말을 무시했다. 브라운 부인은 순순히 피아노 앞으로 가 앉았다. 그러면서 자신이 여전히 인질로 잡혀 있다는 사실을 스스로에게 주지시

"Close, but wrong. Zealand is the biggest island in Denmark."

The boy and girl smiled as if they were happy to learn that.

"Is it all right if I ask a q-question?" the boy said.

She nodded.

"What's your last name?"

"Brown."

The boy nodded as if it were what he had expected.

"Are you British?" he asked Mr. Brown.

He nodded. He was part British, but his lineage was complicated. He was still completely white, though.

"I have some German, Scandinavian, and Russian blood."

Mrs. Brown didn't know her husband had Russian blood. She envied the fact that he had these different ethnicities in him. She was a full-blooded Korean and was ashamed of this fact as if it were a stigma that could not be erased. But she didn't like her husband's family name. She had never liked the name Brown, which she thought made one sound like an easy-going, mild-mannered person. She didn't understand why so many colors were used

켰다. 그녀는 무슨 음악을 연주하는 것이 좋을지를 생각했다. 한데 그 순간 사내아이가 자신이 원하는 곡을 말했다. 그것은 모두가 아는 가곡이었다. 그녀는 〈산타 루치아〉를 연주했다. 그런데 그 순간 놀랍게도 사내아이가 그 연주에 맞춰 노래를 부르기 시작했다. 노래를 하는 그는 성가대 소년처럼 보였다. 그는 노래 실력은 별로였지만 성의를 다해 불렀다. 그가 노래하는 동안 거실의 분위기는 사뭇 다르게 여겨졌다. 더 이상 강도가 침입한 집처럼 여겨지지 않았다.

사내아이는 곡이 끝나자 노래를 하고 싶은 사람이 없는지 물었고, 아무도 반응을 보이지 않자 다른 노래의 연주를 주문했다. 이번에는 〈매기의 추억〉이었다. 그녀는 최근 들어 피아노를 친 적이 거의 없었고, 그래서 어떤 부분에서는 음정이 틀리게 연주를 했고, 그 점이 신경이 쓰였지만 그냥 넘어갔다. 어쨌든 노래하는 사람이 그것은 알아차리지 못한 것처럼 보였다. 그런데 그가 부른 노래들은 그러한 상황에서 부르기에는 적절치 않은 노래들로 여겨졌다. 너무 감상적이거나 서정적인 것으로 들렸다. 그런데 그런 상황에 어울리는 노래가 따로 있단 말인가? 어쨌든 그가 자신이 부르기에는 너무

for family names. Brown, white, black, green, gray. If you absolutely had to use the name of a color as a surname, then why not purple, indigo, or vermilion, she wondered. She had insisted on keeping her own name when they got married, but he wouldn't compromise. The surname Brown didn't suit her first name. She suddenly thought it was strange that she should be living with a man named Brown, and she thought that she might end up leaving her husband.

Mrs. Brown thought her young friends might tell them their names, but they didn't. Somehow they looked like they would have very common first names and unusual surnames. Since it was close to midnight, she thought she might have to prepare the guest room for them. They had a fancy guest room on the second floor overlooking the lake. The four of them continued sitting in silence, as if they were all waiting for someone else to get up first and excuse himself or herself and go to bed. After a while, the clock on the wall started chiming midnight.

"I want some chicken," Mr. Brown said suddenly, as if the clock had stimulated his appetite.

He must have been hungry. He usually had a

어려운 노래를 선곡하지 않은 것만으로도 다행이었다.

그녀는 그가 스스로 춤을 추거나 자신에게 춤을 추게 하지 않을까 하는 생각을 했다. 하지만 사내아이는 그녀에게 춤을 추게 하지도 자신이 춤을 추지도 않았다. 그것은 무척 다행스런 일이었다. 만약 그 자리에서 누군가가 춤을 추게 되었다면, 그것은 지나친 어떤 것처럼, 어리석은 소극처럼 되었을 것이다. 그런 식으로 그는 두 곡을 더 불렀다. 사내아이는 모두를 대신해 하듯 모두 네 곡의 노래를 불렀다. 사내아이가 노래를 마치고 나자 사뭇 다르게 여겨졌던 상황이 다시 강도가 침입한 엄연한 상황으로 바뀌는 듯했다. 그럼에도 그사이에 뭔가가 달라진 것처럼 느껴졌고, 모두가 그것을 느끼고 있는 것처럼 보였다. 그들 넷은 이제 강도와 인질이라는, 서로의 분명한 역할을 결정적으로 잃어버린 사람들처럼 보였다.

브라운 부인은 사내아이를 찬찬히 바라보았다. 그는 민망해하는 표정을 짓고 있었다. 그녀는 문득 사내아이가 노래를 하는 동안에는 전혀 말을 더듬지 않았다는 사실을 깨달았고, 어쩌면 노래를 통해 말을 더듬는 증상을 치료할 수도 있을 거라는 엉뚱한 생각을 했지만,

midnight snack. Even when he'd eaten a full dinner, he still had a midnight snack. He glanced over at the boy, who nodded as if to say it was okay. The boy followed Mrs. Brown into the kitchen. They went together from the living room to the kitchen and back again, like a hostess and an invited guest. She put a pot of chicken left over from dinner on the stove.

"What is that?"

"Korean chicken stew. It's very spicy."

"I can't eat s-spicy food. So you're from Korea. I don't know a-anything about Korea," he said, as if he were committing a huge breach of etiquette. It wasn't clear whether he meant he was sorry that he couldn't eat spicy food or because he didn't know anything about Korea.

Her husband liked spicy food as much as she did. It occurred to her that spicy food might have been the only thing they had in common. She thought again that she might wind up leaving him. If so, the first thing she thought she would do would be to learn how to fly a plane. Once she knew how to do that, she would fill up the fuel tank and fly to Nova Scotia, or further north along the Canadian coast-line, or even to the edge of the polar ice cap or all

그 얘기를 하지는 않았다. 어쩌면 실제로 현실에서 그러한 치료법이 행해지고 있는지도 몰랐다.

"한 가지 질문이…… 있는데 물어도 될까요?" 사내아이가 물었다.

그녀는 고개를 끄덕였다.

"직업이 뭐죠?" 그가 남편을 향해 물었다.

"대학에서 하이드롤릭스를 가르치고 있죠."

"하이드…… 롤릭스가 뭐죠?"

"물의 힘을 연구하는 학문이오. 물과 같은 유체의 역학을 응용하는 것을 연구하는 거요."

설명은 충분치 않았으나 사내아이는 더 이상 묻지 않았다. 그녀 역시 남편이 유체에 관한 학문을 가르치고 있다는 사실을 넘어서는, 그가 하는 일과 관련해 아는 것이 별로 없었다. 언젠가 남편이 설명해준, 그들 부부가 새로 장만한 고급 자동차의 ABS에 하이드롤릭이 응용되어 있다는 것 정도밖에 몰랐다.

"멋진 일을 하고…… 있는 것 같군요. 당신은요?" 사내아이가 그녀에게 물었다.

"중학교 지리교사예요."

"멋진 일을 하고…… 있는 것 같군요." 사내아이가 말

the way to the North Pole.

Now that she was alone with the boy, she wanted to say something to him but couldn't think of what to say. She wanted to ask more about the murderer in the woods, but it didn't look like he knew anything else about it. She also wanted to say that she hoped she would see him again even after they parted.

"You seem like a really nice person," the boy said.

She smiled in response. They went back to the living room while the chicken was boiling, and the four of them sat in silence. The girl seemed to be getting sleepy again. The boy looked exhausted and drowsy. He began spinning the gun on his finger as if to keep himself awake. Mrs. Brown thought it looked dangerous and hoped the gun wasn't loaded.

Now and then, they could hear the distant sound of big trucks on the freeway. The sound came from the tractor-trailers that criss-crossed the continent. She could also hear and smell the chicken stew boiling in the kitchen. She stood up. At that moment, a loud noise rang out right next to her. It was a gunshot. The boy's leg was bleeding, as if a bullet

했다.

그녀는 자신이 하는 일이 그렇게까지 멋진 일로는 여겨지지 않았지만 그 일을 좋아하긴 했다. 그리고 지리 교사를 하는 덕분에 생소한, 근사한 지명들을 많이 알고 있었다. 그녀가 마음속으로 즐겨 외는 것은 마추픽추나 앙코르와트나 세렝게티나 바이칼 같은 유명한 곳이 아니라 사람들이 거의 모르는 곳이었다. 북극해의 영구빙의 한계 가까이 있는 젬랴프란차요 제도나 세베르나야젬랴 제도, 엑슬하이버그 섬 등이 그녀의 마음을 끌었다. 네 사람은 잠시 아무 말 없이 앉아 있었다. 다들 또 다른 경비행기가 날아가는 소리가 들리기를 기다리는 것처럼 보였다.

"한 가지 퀴즈를 내도 돼요?" 그녀가 말했다.

다소 황당할 수도 있는 그 얘기를 하고도 그녀는 왜 불쑥 그런 얘기를 하게 되었는지 알 수가 없었다. 어쩌면 그들의 밤을 침입한 그 낯선 젊은 친구들과 좀 더 친해지고 싶었는지도 몰랐다. 남편은 어이가 없다는 표정을 지었지만 그녀는 무시했다.

"뉴욕은 본래 영국의 요크라는 지명에서 비롯되었죠. 뉴햄프셔나 뉴저지도 마찬가지죠. 그렇다면 뉴질랜드

had pierced it. Blood was dripping down his leg and pooling on the carpet. It looked like a red paint spill. She was a little concerned about her precious purple carpet being stained with blood, but she didn't really mind that much. The carpet could be cleaned. She rushed into the bathroom, brought out the first-aid kit, and wrapped a bandage around the boy's thigh. Then she ran to the phone and called 911.

The paramedics and police arrived in about 15 minutes. When they showed up, Mr. and Mrs. Brown and the boy and girl were sitting in the living room. The room was filled with the smell of burnt chicken. Mrs. Brown liked the smell of the burnt chicken mixed with the spiciness. She breathed in the smell on purpose while picturing the murderer who had gone into the forest and killed the deer hunters. She thought that the man who had gone into the woods alone armed with a gun must have been very lonely.

When I first met Mrs. Brown at a flight school in Nova Scotia, we quickly became friends because we were the only Asian students.

Soon after the robbery, she divorced her hus-

는 어디에서 비롯되었을까요? 질랜드라는 섬이 어디 있을까요?"

"영국에 있는 섬이 아닌가요?" 사내아이가 말했다.

"아니에요."

"질랜드라는 섬이 있긴 한 거야?" 남편이 필요 이상으로 큰 소리로 물었다.

잠시 나머지 세 사람이 일행과 어울리지 못하는 누군가를 쳐다볼 때처럼 그를 쳐다보았다.

"혹시 네덜란드에 있는 섬 아니에요?" 여자아이가 물었다.

"비슷하긴 한데 틀렸어요. 질랜드는 덴마크에서 제일 큰 섬이에요."

사내아이와 여자아이는 그 사실을 알게 된 것이 무척 기쁜 듯 웃음을 지었다.

"한 가지 질문이 있는데 물어도 될까요?" 사내아이가 물었다.

그녀는 고개를 끄덕였다.

"성이 뭐죠?" 그가 물었다.

"브라운이요." 그녀가 말했다.

사내아이는 고개를 끄덕였다. 그녀에게는 그가 그럴

band and moved to Canada, and she never saw the boy or girl again. The boy had asked for money, but only after Mr. Brown pushed him to say what it was he wanted. The only thing the boy asked for himself was something to drink, hemorrhoid medicine, and four songs on the piano.

Mrs. Brown and I talked about that a while longer. Smiling, she wondered aloud whether he had just wanted to sing a few songs. She never did find out what their motive was, and we decided that there didn't necessarily have to be one. Maybe they didn't know what they wanted. It may have been the same with the murderer in the woods.

Soon Mrs. Brown and I will finish the piloting course and take the qualifying exam. Then, after we get our pilot's license, maybe we will fly together from Nova Scotia all the way to the North Pole. And maybe we won't have any motive for doing so. We'll just fly towards a spot at a set of coordinates on the map.

Translated by Jung Young-moon

* We changed the titles of the two songs mentioned in this story because Americans may not be as familiar with their titles.

줄 알았다는 듯 고개를 끄덕이는 것으로 보였다.

"영국계인가요?" 사내아이가 남편을 향해 물었다.

남편은 고개를 끄덕였다. 그는 영국계이기도 했지만 혈통이 대단히 복잡했다. 그럼에도 그는 순수한 백인이었다.

"독일인과 스칸디나비아인, 그리고 러시아인의 피가 섞여 있소." 남편이 말했다.

그녀는 자신의 남편이 러시아인의 피까지 섞여 있다는 사실까지는 몰랐었다. 평소 그녀는 남편이 여러 피가 섞인 것이 몹시 부러웠다. 그녀는 순수한 한국인이었고, 그 사실이 떼어낼 수 없는 낙인처럼 부끄러웠다. 하지만 그녀는 남편의 성은 마음에 들지 않았다. 그녀는 무난하고 온화한 성격을 가진 사람처럼 여겨지게 하는 브라운이라는 그 성을 한 번도 좋아한 적이 없었다. 그녀는 왜 성에 색깔의 이름들이 그렇게 많은지 이해가 되지 않았다. 브라운, 화이트, 블랙, 그린, 그레이. 정녕 색의 이름을 성으로 사용해야 한다면 퍼플이나 인디고, 또는 주홍색을 의미하는 버밀리언이라면 괜찮을 것 같았다. 결혼하면서 그녀는 자신의 성을 고집했지만 남편은 양보를 하지 않았다. 그녀의 이름에는 브라운이라는 성이 어울리지 않았다. 문득 그녀는 자신이 브라운이라는 성을 가진 남자와 살고 있는 것이 이상하게 여겨졌고, 어쩌면 자신이 남편을 떠나게 될지도 모른다는 생각을 했다.

브라운 부인은 그 젊은 친구들이 자신들의 이름 또한 얘기할 수도 있을 걸로 생각했지만 그들은 그렇게 하지 않았다. 어쩐지 그들은 무척 흔한 이름에 낯선 성을 갖고 있는 것처럼 여겨졌다. 이제 자정이 가까워지고 있었고, 그녀는 조금 후면 사내아이와 여자아이를 위해 손님용 침실을 준비해야 할 것처럼 느껴졌다. 그들 집 이층에는 호수가 내려다보이는 멋진 손님용 침실이 있었다. 네 사람은 잠시 누군가가 먼저 양해를 구하며 자리에서 일어나 잠자리에 들기를 기다리는 사람들처럼 잠자코 앉아 있었다. 조금 후 벽시계에서 자정을 알리는 종소리가 들렸다.

"닭고기가 먹고 싶군." 그때 마치 벽시계의 종소리가 그의 식욕을 자극한 것처럼 갑자기 남편이 말했다.

그는 배가 고픈 것이 분명했다. 그는 자주 그 시간에 간식을 먹곤 했다. 그는 저녁을 배불리 먹고도 늘 밤참을 다시 먹었다. 그는 사내아이의 눈치를 보았다. 사내아이는 그래도 좋다는 듯 고개를 끄덕였다. 그런 다음 그는 그녀를 따라 부엌으로 갔다. 그들은 거실에서 부엌으로, 부엌에서 거실로 함께 왔다 갔다 했고, 주인과 초대받은 손님처럼 보였다. 그녀는 저녁때 먹고 남은 닭고기가 든 냄비를 가스레인지 위에 올려놓았다.

"무슨 요리죠?"

"한국식 치킨 스튜로, 아주 맵죠."

"나는 매운…… 음식은 잘 못 먹어요…… 당신은 한국 출신이군요. 나는 한국에…… 대해서는 아는 게 아무것도 없어요." 대단한 실례를 범한 사람처럼 사내아이가 말했다. 이번에도 그가 미안해하는 것이 매운 음식을 못 먹어서인지, 아니면 한국에 대해서는 아는 게 없어서인지 분명치 않았다.

그녀의 남편은 그녀처럼 매운 음식을 좋아했다. 그녀는 문득 그들 두 사람에게 공통적인 것은 매운 음식을 좋아한다는 사실밖에는 없는지도 모른다는 생각을 했다. 그녀는 다시 한 번 자신이 아마도 남편을 떠나게 될 것 같다는 생각을 했다. 그리고 다시 혼자가 되면 제일 먼저 경비행기 조종을 배워야겠다는 생각을 했다. 비행기를 조종할 줄 알게 되면 연료를 가득 채운 후 노바스코샤까지, 혹은 캐나다 해안을 따라 더 북쪽까지, 영구빙의 한계까지 혹은 그 너머 북극까지 날아갈 수 있을지도 몰랐다.

그녀는 사내아이와 단둘이 있게 된 그 순간 무슨 말인가를 하고 싶었다. 하지만 무슨 말을 해야 좋을지 알 수 없었다. 숲 속으로 들어간 살인자에 대해 더 아는 것은 없는지 물어보고 싶었지만, 그 역시 그것에 대해서는 더 아는 것이 없는 것처럼 보였다. 아니면. 헤어지게 되더라도 다시 만날 수 있기를 바란다는 말을 하고 싶기도 했다.

"당신은 참 좋은 사람 같아요." 사내아이가 말했다.

그녀는 대답 대신 미소를 지었다. 그들은 닭고기가 든 냄비가 끓는 동안 다시 부엌에서 거실로 나왔고, 네 사람은 잠시 아무 말 없이 자리에 앉아 있었다. 여자아이는 다시 졸린 것처럼 보였다. 사내아이는 피로해 보였다. 그 역시 졸음에 휩싸인 것처럼 보였다. 그때 그가 졸음을 이기려는 듯 들고 있던 총을, 손가락을 방아쇠에 댄 채로 돌리기 시작했다. 브라운 부인은 그것이 무척 위험하게 느껴졌다. 그녀는 총에 탄환이 장전되어 있지 않기를 바랐다.

멀리 고속도로에서 육중한 차량들의 희미한 소음이 이따금 들려왔다. 대륙을 가로지르는 트레일러들에서 나는 소리였다. 그리고 가까이 부엌에서 닭고기가 든 냄비가 끓는 소리가 났고, 그 냄새가 났다. 그녀는 자리에서 일어났다. 그런데 순간 또 다른 요란한 소리가 아주 가까이서 들렸다. 그 순간 총이 발사된 것이다. 총탄이 사내아이의 허벅지를 관통한 듯 그의 다리에서 피가 샘솟았다. 허벅지에서 쏟아진 피가 카펫 위로 흘러내려 고이고 있었다. 빨간 물감을 쏟아놓은 것 같았다. 브라운 부인은 자신이 아끼는 자주색 카펫이 피로 더럽혀지고 있는 것이 마음이 쓰였지만 그 정도는 괜찮다는 생각을 했다. 카펫은 세탁을 하면 되었다. 그녀는 화장실로 달려가 구급약 상자를 가져와 사내아이의 허벅지에 압박붕대를 감아주었다. 그런 다음 벽 쪽으로 달려가 911에 연락했다.

십오 분쯤 지나 구급대원과 경찰이 도착했다. 그들이 도착했을 때 네 사람은 거실에 앉아 있었다. 탄 닭고기 요리 냄새가 거실 가득하게 맡아졌다. 그녀는 탄내와 매운맛이 섞여진 그 냄새가 좋았다. 그래서 그 냄새를 일부러 맡으며 숲 속에 들어가 사슴을 사냥하던 사냥꾼들을 총으로 쏘아 죽인 살인자를 떠올렸다. 총을 들고 홀로 숲에 들어간 그가 무척 외로운 사람으로 여겨졌다.

브라운 부인과 나는 이곳 노바스코샤에 있는 경비행기 조종학교에서 서로 만나게 되었는데, 유일한 동양계 학생이었던 우리 두 사람은 곧 친하게 지내게 되었다.

그녀는 집에 강도가 침입한 사건이 있은 지 얼마 후 남편과 이혼을 했고, 이곳 캐나다로 이주해왔으며, 그 사내아이와 여자아이는 두 번 다시 만나지 못했다. 사내아이는 돈을 요구하긴 했지만 그것은 그녀의 남편이 그에게 뭔가를 요구할 것을 요구한 후에야 요구한 것이었다. 사내아이가 요구한 것은 마실 것과 치질약과 네 곡의 연주뿐이었다.

브라운 부인과 나는 그 점에 대해 얘기를 나누었다. 그녀는, 그는 단지 노래를 부르고 싶었던 걸까요, 하고 물으며 미소를 지었다. 그들의 동기는 끝내 알 수 없었고, 우리는 거기에는 반드시 동기가 있어야 하는 것은 아니라는 결론을 내렸다. 어쩌면 그들은 스스로도 무엇을 원했는지 알 수 없었는지도 몰랐다. 그리고 그것은 숲 속으로 들어간 살인자 역시 마찬가지였는지도 모른다.

브라운 부인과 나는 얼마 후면 의무교육과정을 마치고 경비행기 조종사 자격증 취득시험을 치르게 될 것이다. 그리고 조종사 자격증을 따게 되면 우리는 함께 노바스코샤에서 북극을 향해 날아갈 수도 있을 것이다. 그리고 어쩌면 우리가 북극을 향해 날아가는 데에도 아무런 동기 같은 것은 없을지도 모른다. 다만 우리는 좌표상의 한 지점을 향해 날아가는 것일 뿐일 것이다.

『목신의 어떤 오후』, 문학동네, 2008

해설

Afterword

경계의 무화

이경재 (문학평론가)

정영문은 등단 이후부터 지금까지 끊임없이 사회와 문명이 만들어낸 여러 가지 경계를 의문시한다. 인간/동물, 삶/죽음, 정상/비정상 등 인간이 그동안 만들어 온 갖가지 이분법을 심문하고 결국에는 그 허구성을 통렬하게 드러내는 데 그 문학적 특징이 있다. 이러한 글쓰기는 기존의 코드로 도저히 받아들이거나 해석할 수 없는 갑작스러운 기호에 우연히 맞닥뜨렸을 때 시작되고는 한다.

한밤중 늙은 난쟁이나 장의사가 나타난다든가(「임종기도」「장의사」), 여름날 밤 산책 중에 곱사등이가 바짝 다가선다든가(「곱사등이」), 낙타 한 마리가 불쑥 열어놓은

Erasure of Boundaries

Lee Kyung-jae (literary critic)

Since his literary debut, Jung Young-moon has been questioning the boundaries created by society and civilization. The characteristics of his literature lie in their interrogations of various artificial binary oppositions—humanity and the natural world, life and death, and the normal and the abnormal—ultimately critically exposing their artificial nature. To tell the story of these critical examinations his works often begin with an encounter that cannot be accepted or interpreted by existing codes.

These encounters include the sudden appearance of an old dwarf or an undertaker ("Deathbed

방문으로 들어온다든가(「낙타가 등장하는 꿈」), 유령 선장이 출몰한다든가(「끝없는 항해」), 한밤중에 갑자기 정전이 된다든가(「자신을 저격하다」), 갑자기 거대한 코끼리 한 마리가 자신에게 달려온다든가(「미친 코끼리」), 한밤중 어디선가 울음소리가 들려온다든가(「무서운 생각」) 할 때가 그것이다. 그러한 자극이 있은 후에야 비로소 사유는 활동을 시작하고, 그러한 사유는 주체의 능동성과는 무관한 강제성에 이끌려 작동한다. 불명확함과 혼돈으로 가득한 기호들은 자기 안에 들어 있는 것들이 해석되기를 끊임없이 요구한다.

「브라운 부인」(『현대문학』, 2006년 2월호)에서는 평화로운 브라운 부인의 가정에 총을 들고 침입한 강도가 바로 정영문 소설의 '기호' 역할을 한다. 이 강도는 기존에 우리가 생각하는 강도와는 너무나 다르다. 십대 후반의 무척이나 어수룩한 강도는 한없이 말을 더듬으며 자신의 총을 통해서만 간신히 스스로가 강도임을 증명한다. 그러나 소년 같은 얼굴에 가는 사지(四肢)를 지닌 그의 행태는 강도와는 너무나 거리가 먼 모습이다. 브라운 부인은 심지어 사내아이와 그의 동행인 여자아이를 좀 더 붙들고 싶은 마음이 들 정도이며, "그들로 인해 자칫,

Prayer," "The Undertaker's"), the close approach of a hunchback during a person's summer night walk ("The Hunchback"), the inexplicable entrance of a camel in a room ("Dream in Which a Camel Appears"), the appearance of a flying Dutchman captain ("Endless Voyage"), a midnight blackout ("Shooting Oneself"), an unexpected elephant attack ("Mad Elephant"), or a sudden crying sound in the dead of night ("Scary Thought"). These phenomena, unrelated to the activity of the main character, sets in motion a thinking process in the character, the thinking subject. Obscure and bizarre cyphers continue to demand their contents be interpreted.

In "Mrs. Brown" an armed robber intruding on the peaceful home setting of Mrs. Brown plays the role of this obscure cypher. This burglar could not be farther from the typical image of a burglar. He is a teenager in his late teens, has a boyish face and thin limbs, and is terribly awkward, stammering constantly and proving he is a criminal only by merit of the gun in his possession. Mrs. Brown even feels like keeping him and his girl friend longer, thinking "an otherwise sure-to-be boring night had become a cheerful one because of them." Over the course of several hours, the only

아니 거의 틀림없이 무료할 수도 있는 그날 저녁을 나름대로 유쾌하게 보내고 있었던 것"이라고까지 생각한다. 몇 시간 동안 사내아이가 브라운 부인에게 요구한 것은 마실 것과 치질약과 네 곡의 피아노 연주뿐이다. 사내아이가 돈을 요구하기는 했지만 그것 역시도 그녀의 "남편이 그에게 뭔가를 요구할 것을 요구한 후에야 요구한 것"이다. 어쩌면 총을 들고 브라운 부인의 집에 침입한 사내아이는 단지 "늘……이렇게……호수나……바다가……보이는……집에서……살고……싶었어요."라는 꿈을 이루기 위해 들어온 것인지도 모른다.

오히려 사내아이와 여자아이로 이루어진 강도단을 통해 브라운 부인의 남편이야말로 폭력적이며, 그가 군림하던 가정이야말로 비정상일 수도 있음이 강하게 드러난다. 브라운 부인은 사내아이를 대하는 남편의 태도를 보며, 남편이 무척 기만적이며 옹졸한 사람이라고 생각한다. 브라운 부인은 백인인 남편이 유색인종이 아니라 자신과 같은 백인이 총을 들고 자신을 위협한다는 사실에 분개하는 것인지 모른다고 추측한다. 이것은 브라운 부인의 남편이 평소 인종주의자였다는 것을 암시

thing the boy asks for himself is for something to drink, hemorrhoid medicine, and four songs on the piano. The boy asks for money, "but only after Mr. Brown pushed him to say what it was he wanted." The boy might have broken into their home just to fulfill his dream: "[I] always w-wanted to live in a house near a l-l-lake or ocean."

Eventually, it becomes clear through the home invasion of this boy-girl burglary team that Mr. Brown is an oppressive husband. Mr. Brown reigns supreme in their relationship and Mrs. Brown begins to realize that the less than ideal conditions of her marriage are not necessarily the norm. She recollects her experience passing out as a result of her husband's violence against her. Additionally, she begins to believe that her husband might be racist. As she witnesses her husband's attitude towards the boy, Mrs. Brown realizes that her husband is a "very sly and narrow-minded" man. She thinks that her husband might possibly resent the fact that white people, rather than people of color, are putting them through this ordeal.

Living in a largely white community, Mrs. Brown, a full-blooded Korean, sometimes envies her white husband. Although she wanted to keep her own

하는데, 평소 순수한 한국인이었던 브라운 부인은 백인들의 세상인 미국 중서부에 살면서 백인인 남편을 부러워하기도 했다. 그녀는 남편에게 폭행을 당해 의식을 잃었던 일을 떠올리기도 한다. 또한 결혼하면서 그녀는 자신의 성(姓)을 계속해서 사용하기를 원했지만, 남편은 반드시 자신의 성인 브라운을 따를 것을 강요했다. 문득 그녀는 "자신이 브라운이라는 성을 가진 남자와 살고 있는 것이 이상하게 여겨졌고, 어쩌면 자신이 남편을 떠나게 될지도 모른다는 생각"을 한다. 나중에 브라운 부인은 실제로 남편과 이혼하고, 캐나다로 이주하여 평소의 꿈이었던 경비행기 조종을 하기 위해서 조종학교를 다니게 된다.

인질 체험이 브라운 부인에게 가져다 준 것은 "그 상황은 너무도 일상적인 것으로 여겨졌다. 그에 비하면 자신의 자연스런 일상의 어떤 부분들이 더욱 부조리하게 여겨졌다."는 문장으로 압축해 볼 수 있다. 사내아이가 총을 들고 집에 침입했던 그 사건은 브라운 부인이 정상이라고 생각했던 것들의 실상을 되돌아보게 하고, 그 정상의 이면에 감추어진 폭력과 문제점을 근본에서부터 성찰하도록 이끌었던 것이다. 정영문의 「브라운

surname when they got married, he insisted on her adopting Brown. Suddenly, she finds it strange altogether for her to be "living with a man named Brown." She thinks that she "might end up leaving her husband." Later, she does just that, divorcing her husband, moving to Canada, and finally taking a piloting course as she has always dreamed.

The gist of Mrs. Brown's experience as a hostage is summarized in the sentence: "The situation felt too ordinary. In comparison, other aspects of her everyday life seemed far more absurd." This young boy's invasion of her home compels Mrs. Brown to rethink what she has considers normal and to reflect on the hidden violence and problems of what appears superficially ordinary. In this sense, "Mrs. Brown" follows a typical Jung Young-moon narrative: a sudden appearance of some undecipherable figure or phenomenon forces the protagonist to re-evaluate his or her previous ideas and thoughts.

Jung is a writer who continues to confront the existing order and *doxa*. At the same time, his stories often offer breathtaking scenes that subvert our fixed ideas of fiction and story themselves. His main literary impetus is to destroy the stable existing structures of conventional thought, to turn the

부인」은 기존의 인식적 틀로는 도저히 해석할 수 없는 갑작스러운 사건이 출현하고, 그러한 사건을 통해 기존의 통념과 인식에서 벗어나도록 하는 작가의 고유한 특징이 고스란히 담겨져 있는 작품이다.

정영문은 집요하게 기존의 질서와 독사(doxa)에 맞서 싸우고 있다. 그것은 때로 소설에 대한 고정된 인식 전체를 뒤엎는 숨 가쁜 장면이기도 하다. 그는 안정된 기존의 구조를 파괴하고 절단하여 코스모스의 세계를 카오스의 세계로, 인간의 세계를 인간 이전의 세계로 돌려놓고자 시도한다. 이러한 시도는 안전장치 없는 번지점프대에서 떨어질 때와 같은 공포감과 불안감을 심어주기도 하지만, 때로는 상상할 수 없었던 인식의 전환을 가져다주기도 한다. 정영문의 소설은 고정관념에 대한 해체를 지향하고 새로운 사유의 가능성을 제시한다는 점만으로도 새로움과 그 존재 의의를 인정받을 수 있다. 정영문은 최근의 작품들에서는 한 단계 심화된 실험을 행하고 있는데, 그것은 '존재와 의미의 심연을 응시하는 글쓰기'에서 '존재와 의미의 심연으로서의 글쓰기'로 나아가는 과정이라고 정리해 볼 수 있다.

world of cosmos back to a world of chaos, the human world back to a pre-human one. These efforts can sometimes inspire fear and anxiety, as if one was leaping from a bungee jumping structure without any safety precautions. At other times, they bring us to previously unimaginable degrees of transformation and clarity. Jung's stories are new and significant in their attempts to dismantle fixed ideas and anticipate the possibilities of newer thoughts. Jung's recent works engage in even profounder experiments; he proceeds from "writing that gazes at the depth of being and meaning" to "writing that *is* the depth of being and meaning."

비평의 목소리

Critical Acclaim

의미를 지우고 인간적인 것을 지우고 끝내 말조차 지우고자 하는, 그러한 과정에서 존재의 부조리를, 그리고 삶과 언어의 무의미성을 실감하게 하는 것이 정영문의 소설이다. 그러니 정영문의 소설이 전통적 소설 미학과 거리가 먼 것은 당연한 일이라 할 수 있다. 한 대담에서 스스로 밝힌 것처럼, 정영문은 "완결된 구조를 가진, 고체처럼 응고된 상태의 소설이 아닌 점액 상태의, 흐물거리는 느낌을 주는 소설"을 지향한다.

성민엽

권태는 의심의 여지없이 문명의 질병이다. 자신이 세

Jung Young-moon's novels erase traditional meanings, erase what is and isn't human, and erase our typical conceptions of words. In the process they teach us about the absurdities of our existences and the meaninglessness of our lives and words. It is natural, then, that his novels fall far from traditional fictional aesthetics. As Jung himself professed in an interview, he tries to achieve "novels that do not have complete crystalized structures, but [novels] that seem flexible and self-composed."

Seong Min-yeop

계 속에 아무런 필연성이나 연관의 고리 없이 공존한다는 의식으로부터 비롯되는 이 무력함과 지겨움은, 적어도 문명 이전의 사회에서는 가능하지 않은 인성구조였다. 구조라는 말이 암시하듯, 권태는 분명 당사자가 놓여 있는 사회적 정황과 긴밀한 관계를 맺고 있다. 문제는 그것이 좀처럼 의식되지 않는 것이다. 이상의 대표적인 수필 「권태」만 보더라도 우리는 권태의식이 한 인간의 삶을 얼마나 실제 현실로부터 절연시키고 그의 의식을 퇴행으로 몰아가는가를 단적으로 알 수가 있다. 정영문의 『겨우 존재하는 인간』은, 정도 차는 있을망정 그런 이상의 의식과 어느 정도 상통한다. 이상이 권태를 느꼈던 1930년대와 정영문이 위치해 있는 세기말의 현재 사이에 어떤 유사성이 있는지는 분명치 않으나, 짐작컨대 사회적인 모든 관계가 제도화되어 일탈의 가능성은 아예 없고, 한 개인의 개성적인 역할을 누구도 기대치 않는 우리 사회의 구조가 그 한 요인이 되었을 가능성은 물론 배제할 수 없다.

김경수

세계의 무의미에 예술의 무의미로 대적하는 것은 이

Fatigue is no doubt an unfortunate symptom of civilization. The sense of helplessness and fatigue that comes from one's awareness that they exist in this world without any necessity or inherent relevance is an impossible character structure, at least, in pre-civilization society. As the word "structure" suggests, fatigue has a close relationship with one's social environment. We know very well through Yi Sang's well-known essay, "Fatigue," that this sensation can cut a person off from reality and drive his consciousness to regress. Jung's *A Person Who Barely Exists* shares a similar sense of fatigue to what we find in Yi Sang's essay. Although we cannot claim Yi's 1930s and Jung's turn-of-the-century present are identical, we also cannot disregard the possibility that both times share eerily similar qualities, the sense that social relationships have been so institutionalized that they exclude any possibility of deviation, that no individual is expected to play a personal role in society anymore.

Kim Gyeong-su

To confront the world's meaninglessness with aesthetic meaninglessness might be the last resort of an author in order to resolutely defy this notion

세계가 무의미하며 그 무의미에서 벗어날 수 있는 출구가 전혀 없다는 권태롭고 절망적인 인식에 도달한 작가가 택할 수 있는 마지막 비타협적 저항의 방법일 것이다. 일군의 후군대적(postmodren) 작가들에 대한 페터 V. 지마의 인식은 정영문에게도 타당해 보인다. "그들은 소망스러운 기존 질서의 대안이 유토피아의 본래 의미, 즉 존재하지 않는 곳임을 인식한다."(『모던/포스트모던』, 문학과지성사, 2010, p.384). 정영문의 작가-화자는 진정한 무와 무의미의 원천으로서 유아적 세계관과 상상력에 기대어 세상이 강요하는 가짜 의미들과의 대결을 시도한다. 그런데 주의할 점은 여기서 유아적이란 말이 낭만적인 의미에서 천진무구한 어린이보다는 상당히 엉뚱하고 때로는 짓궂은 데가 있는 개구쟁이와 더 관련이 깊다는 사실이다.

김태환

타인과 세계에 대한 관심이 없는, 나아가서는 자신의 삶조차에 대해서도 무관심한 이들에게 있어 말이란, 침묵과 더불어 그와 같은 관심 없음을 견디는 두 가지 방식 가운데 하나이다. 상대방에 대한 관심에서 나오는

when he arrives at it himself. We might be able to apply Peter V. Zima's understanding of postmodern authors to Jung Young-moon: "They acknowledge that the desirable alternative to the existing order is utopia in the true sense of the word, i.e. a place that does not exist." Jung's author-narrator attempts to confront the false meanings the world forces on us with an infantine worldview, a source of true absence and meaninglessness. What we must remember, though, is that the "infant" here is closer to a mischievous child than an innocent one in the romantic sense of the word.

Kim Tae-hwan

To those who are not interested in people and the world, and to those who are not interested in their own lives, language is one of two ways to endure their disinterest together in silence. Words are not commonplace sounds that originate from the speaker's interest in others; rather, they are produced from the words themselves. Therefore, the subjects of these words are not the people who vocalize them, but they are the words themselves. What, then, is the origin of a word's self-production? It is the point from which all beliefs in our re-

일상의 발화들이 아니라, 말 그 자체로부터 생산되는 말들. 그러니까 이 말의 주체는 그 말을 하고 있는 사람이 아니라 말 그 자체가 말의 주체일 수밖에 없다. 그렇다면 이러한 말의 자기생산 과정을 발생시키는 근원은 무엇인가. 그것은 삶의 관계들에 대한 모든 믿음의 말소, 혹은 모든 삶의 관계들에 대한 회의의 산물이다. 나아가서 그것은 삶의 관계들에 대한 회의일 뿐 아니라, 삶 그 자체에 대한 절망과 회의이다. 그 회의로부터 '고집스런, 섬뜩하며 그로테스크한 권태'가 솟아난다.

손정수

lationships are erased, or, the doubt that resides in all our relationships. Furthermore, it is despair and doubt in life itself, from which "obstinate, strange, and grotesque fatigue" springs.

Son Jeong-su

정영문

1965년 경상남도 함양에서 태어나 서울대학교 심리학과를 졸업했다. 1996년《작가세계》겨울호에 장편소설『겨우 존재하는 인간』을 발표하면서 등단했다. 1999년 첫 번째 소설집인『검은 이야기 사슬』(문학과지성사, 1998)로 제12회 동서문학상을 수상하였다. 2012년에는『어떤 작위의 세계』(문학과지성사, 2012)로 제17회 한무숙문학상, 제43회 동인문학상, 제20회 대산문학상을 동시에 수상했다. 2010년에는 대산문화재단과 미국 버클리 캘리포니아주립대가 손잡고 시행하는 '대산—버클리 한국 작가 레지던스 프로그램'의 다섯 번째 참가자로 선정되어, 미국에 머물며 버클리 학생들을 상대로 한 강의와 워크숍, 작품 발표회, 언론 기고, 미국 저명 작가들과의 교류 등을 하였다. 10권이 넘는 소설집과 중·장편 소설의 간행 이외에도『사랑을 말할 때 우리가 이야기하는 것』『쇼샤』『발견 : 하늘에서 본 지구 366』『인간들이 모르는 개들의 삶』『천상의 두 나라』등 50여 권의 외서를 번역하였다.

Jung Young-moon

Born in Hamyang, Gyeongnam in 1965, Jung Young-moon graduated from Department of Psychology at Seoul National University. He made his literary debut when *A Person Who Barely Exists* was published in the winter 1996 issue of *Writer's World*. He received the twelfth East-West Literary Award for his first story collection *Black Story Chain* (Moonji, 1998) in 1999. In 2012, he won the seventeenth Han Moo-sook Literary Award, the forty-third Dongin Literary Award, and the twentieth Daesan Literary Award for his novel, *A Certain Contrived World* (Moonji, 2012).

In 2010, he was selected to be the fifth participant of the Daesan-Berkeley Writer in Residence Program, for which he delivered lectures to U.C. Berkeley students, participated in workshops and readings, contributed articles to various forms of media, and interacted with renowned American authors.

Jung has written more than ten volumes of short stories, novellas, and novels. Additionally, he has translated more than fifty foreign books into Korean, including Raymond Carver's *What We Talk About When We Talk About Love*, Isaac Bashevis Singer's *Shosha*, Yann Arthus-Bertrand's *Earth from Above*, Elizabeth Marshall Thomas' *The Hidden Life of Dogs*, and Nikos Kazantzakis' *Travels in China and Japan*.

감수 **전승희, 데이비드 윌리엄 홍**

Edited by Jeon Seung-hee and David William Hong

전승희는 서울대학교와 하버드대학교에서 영문학과 비교문학으로 박사 학위를 받았으며, 현재 하버드대학교 한국학 연구소의 연구원으로 재직하며 아시아 문예 계간지 《ASIA》 편집위원으로 활동 중이다. 현대 한국문학 및 세계문학을 다룬 논문을 다수 발표했으며, 바흐친의 『장편소설과 민중언어』, 제인 오스틴의 『오만과 편견』 등을 공역했다. 1988년 한국여성연구소의 창립과 《여성과 사회》의 창간에 참여했고, 2002년부터 보스턴 지역 피학대 여성을 위한 단체인 '트랜지션하우스' 운영에 참여해 왔다. 2006년 하버드대학교 한국학 연구소에서 '한국 현대사와 기억'을 주제로 한 워크숍을 주관했다.

Jeon Seung-hee is a member of the Editorial Board of ASIA, is a Fellow at the Korea Institute, Harvard University. She received a Ph.D. in English Literature from Seoul National University and a Ph.D. in Comparative Literature from Harvard University. She has presented and published numerous papers on modern Korean and world literature. She is also a co-translator of Mikhail Bakhtin's ***Novel and the People's Culture*** and Jane Austen's ***Pride and Prejudice***. She is a founding member of the Korean Women's Studies Institute and of the biannual Women's Studies' journal ***Women and Society*** (1988), and she has been working at 'Transition House,' the first and oldest shelter for battered women in New England. She organized a workshop entitled "The Politics of Memory in Modern Korea" at the Korea Institute, Harvard University, in 2006. She also served as an advising committee member for the Asia-Africa Literature Festival in 2007 and for the POSCO Asian Literature Forum in 2008.

데이비드 윌리엄 홍은 미국 일리노이주 시카고에서 태어났다. 일리노이대학교에서 영문학을, 뉴욕대학교에서 영어교육을 공부했다. 지난 2년간 서울에 거주하면서 처음으로 한국인과 아시아계 미국인 문학에 깊이 몰두할 기회를 가졌다. 현재 뉴욕에서 거주하며 강의와 저술 활동을 한다.

David William Hong was born in 1986 in Chicago, Illinois. He studied English Literature at the University of Illinois and English Education at New York University. For the past two years, he lived in Seoul, South Korea, where he was able to immerse himself in Korean and Asian-American literature for the first time. Currently, he lives in New York City, teaching and writing.

바이링궐 에디션 한국 대표 소설 045
브라운 부인

2013년 10월 18일 초판 1쇄 인쇄 | 2013년 10월 25일 초판 1쇄 발행

지은이 정영문 | 옮긴이 정영문 | 펴낸이 방재석
감수 전승희, 데이비드 윌리엄 홍 | 기획 정은경, 전성태, 이경재
편집 정수인, 이은혜 | 관리 박신영 | 디자인 이춘희
펴낸곳 아시아 | 출판등록 2006년 1월 31일 제319-2006-4호
주소 서울특별시 동작구 흑석동 100-16
전화 02.821.5055 | 팩스 02.821.5057 | 홈페이지 www.bookasia.org
ISBN 978-89-94006-94-9 (set) | 978-89-94006-08-6 (04810)
값은 뒤표지에 있습니다.

Bi-lingual Edition Modern Korean Literature 045
Mrs. Brown

Written by Jung Young-moon | **Translated by** Jung Young-moon
Published by Asia Publishers | 100-16 Heukseok-dong, Dongjak-gu, Seoul, Korea
Homepage Address www.bookasia.org | **Tel**. (822).821.5055 | **Fax**. (822).821.5057
First published in Korea by Asia Publishers 2013
ISBN 978-89-94006-94-9 (set) | 978-89-94006-08-6 (04810)